순례자 매

The Pilgrim Hawk

글렌웨이 웨스콧
정지현 옮김

순례자 매
The Pilgrim Hawk

어느 사랑 이야기

일러두기

1 인·지명은 대체로 외래어 표기법을 따랐으나 몇몇 예외를 두었다.
2 본문의 각주는 모두 옮긴이 주다.

차례

글렌웨이 웨스콧의 『순례자 매』는 단편 혹은 긴 단편으로 생각될지 모르지만 어떻게 부르건 딱 필요한 분량이다. 지독할 정도로 정확하고 간결하다. 백여 쪽에 불과하지만 다섯 배나 더 긴 책들보다 많은 층과 깊이를 지니고 있다.

이 책은 대부분 인간으로 이루어진 한 집단의 여러 거듭된 삼각관계를 중심으로 이루어진다. 1920년대 후반, 젊은 미국인 상속녀 알렉산드라 헨리 소유의 프랑스 시골 저택에서 단 하루의 여름날 오후 동안에 일어나는 일을 그린다. 그 집에는 이 책의 화자인 미국인 친구 알원 타워가 머무르고 있다. 그날 오후 알렉산드라와 타워는 컬렌 부부의 방문을 받는다. 이 부유한 아일랜드인 부부는 목적지 없이 계속되는 여행 도중에 젊은 기사가 운전하는 다임러 자동차로 부다페스트에 가는 길이다. 래리 컬렌은 적어도 겉보기에는 건강하고 철없는 귀족의 모습이다. 그의 아내 매들린은 나이 들어 가는 미인으로 결혼 생활 내내 잇따라 바뀌는 관심사에 따라 남편을 끌고 다녔다. 대표적으로 아일랜드의 급진 정치에 개입하거나 야생 동물을 사냥하는 일 따위다. 가장 최근에 그녀가 열정을 보인 대상은 사냥을 위해 훈련시키고 있는 매다. 월터 스콧과 도니체티의 작품에 나오는 여주인공을 따라 매에 루시라는 이름을 붙이고 성스러운 보석처럼 손목에 올려놓고 다닌다.

　동시에 주방에서는 운전기사 리케츠와 알렉산드라의 모로코 출신 하인 부부 장과 에바의 이야기가 펼쳐진다. 이 일곱 명의 캐릭터, 매까지 합치면 여덟 명의 캐릭터가 이 소설에 등장하는 인물의 전부다. 웨스콧은 이 단출한 인물들을 통해 평범한 칵테일과 저녁 식사가 어울려야 마땅한 시간 동안 일련의 폭로를 이어 간다. 모호하고 조용하게 치명적인 마지막 대사가 나올 때까지 멈추지 않는다.

　이것 말고는 줄거리를 자세하게 말해야 할 필요성을 느끼지 못하겠다. 『순례자 매』는 무엇보다 자유 대 구속, 열정 대 평화에 관한 복잡한 사색이고, 캐릭터와 사건의 측면에서 처음부터 끝까지 작은 폭탄들이 줄줄이 꿰어 있다. 일부는 접촉하자마자 터지고 일부는 한참 후에 터진다. 기하학적으로 만들어진 이 소설의 구조는 다양한 각도로 비스듬하게 놓은 교차 삼각형들, 수정처럼 불규칙하지만 완벽하다. 단 하나의 전원 풍경을 배경으로 보여 주는 주요 인물들의 절박하고 옥죄는 재치와 태도는 안톤 체호프의 영향을 많이 받았다. 웨스콧은 작은 공간에 거대한 것을 집어넣으려는 고집을 체호프와 공유한다. 응접실과 정원에서 오후를 보내는 고상하고 나태한 사람들 사이에서 탐욕의 재료가 풍부하게 발견되는 것도 그렇다.

　『순례자 매』의 모든 일은 축소된 세상의 경계 안에서 일어난다. 사건이 집과 그 주변 지대를 벗어나지 않는다. 단 한

차례 등장하는 물리적 폭력 사건조차 우리의 시야 바깥에서 일어난다. 이야기 전체를 별다른 수정 없이 그대로 연극 무대에 올려도 될 것이다. 그러나 정적인 특징은 절대로 우연이 아니다. 서술 자체가 새(그리고 사람들)가 갇혀 있는 것처럼 제한되어 있다. 이야기가 전개될수록 우리는 길들여진 매가 실상 야생에서 잡혀 온 것임을 알게 된다. 매는 속박 상태에서는 짝짓기를 하지 않기 때문이다. "매는 절대 야성을 버리지 못해요."라고 컬렌 부인도 말한다. 훈련받은 매는 사냥할 때 언제든 도망칠 수 있지만 그러지 않는다. 그녀의 설명에 따르면 구속받는 삶이 "먹을 것도 풍부하고 더 재미있는 삶"이다.

처음 매에 대해 읽고 나처럼 속으로 신음 소리를 낸 독자들도 있으리라. 아! 상징이구나, 라고 생각했다. 물론 매는 상징이다. 매는 책에 등장할 때 상징 이상이 될 수 없는 작은 범주의 생명체와 대상에 속한다. 그러나 소설가들이 세상의 모든 것에 대한 글을 쓰기로 결심한다면 옛 이미지에서 새 생명을 찾는 일 또한 새로운 것을 발명하는 것만큼이나 중요하다. 웨스콧은 자신이 어떤 상황에 이르렀는지, 어떤 종류의 불길한 징조를 가지고 노는지 잘 알고 있었다. 그는 자신의 재능 덕분에 확실하게 유의미한 이미지가 암시하는 것에 전적으로 개입할 수 있을 뿐만 아니라, 커다란 의미와 별개로 매를 완전히 설득적이고 이야기에 꼭 필요한 존재로 만들 수 있었다. 웨스콧은 정말로 매를 들여다본 사람이었다.

루시의 몸길이는 여주인의 팔만 하고, 너무 길다 싶은 날개 깃털이 마치 접힌 천막처럼 등에 걸쳐 있었다. 등은 뭐라고 형언할 수 없는 철의 색조를 지녔는데, 불그스레한 젊음의 고색(枯色)이 약간 빛났다. 호화로운 가슴은 흰색이고 밤색의 작은 끈 또는 술이 달렸다. 술 달린 다리는 발톱까지 곧게 뻗어 살이 거의 보이지 않았고 에나멜 같은 녹색이 도는 노란색이었다.

하지만 루시의 가장 눈에 띄는 아름다움은 표정이었다. 작은 불꽃같아서 관심을 사로잡았다. 하지만 깜빡거리지 않았고 환하거나 따뜻함도 없었다. 욕구나 소명에 인생의 모든 순간을 집중하는 기운 넘치는 남자들에게서 가끔 볼 수 있는 표정이었다. 선하지만 악하다고 오해받고, 반대로 악한데 선하다고 오해받을 수도 있을 것이다. 루시의 경우에 그 표정은 주로 눈에 나타났다. 루시의 눈은 검은색이 아니라 구슬픈 갈색이고 터무니없이 컸으며 평평한 머리에 깊숙이 들어가 있었다.

매의 훌륭하게 조형된 야성과 그 심오한 타자성은 이 책의 배경인 2차 세계대전 발발 몇 해 전, 국외 체류자가 누렸을 나른하고 화려한 세계를 가른다. 전쟁은 알윈 타워와 알렉산드라 헨리를 미국으로 도망치게 할 뿐만 아니라 여유롭고 고상한 낙관주의도 꺼트릴 터였다. 산울타리와 잔디의 상대적인 성스러움에 대한 신뢰, 행복한 결말을 선택하고 실행하는 인간의 집단적인 능력에 대한 일반적인 믿음 같은 낙관주의 말이다. 이 책은 처음부터 덜 고생스러운 과거를 배경으로 하고 있음을 알린다. 아쉬움으로 빛나는 동시에 모호해진다. 우리는 컬렌 부인을 통해 인간에게 잡힌 매만이 평균 수명대로 살 수 있음을 알 수 있고 ― 야생에서는 늙으면 사냥을 하지 못하게 되어 굶어 죽는다. ― 계속 읽어 나가면서 세상에 전쟁이 기다리고 있는 가운데 인물들이 외로움과 실패로 길 잃게 된 사연의 단편을 줍는다. 시작 부분의 대사에서 타워와 알렉산드라를 기다리는 미래에 대한 무뚝뚝하지만 거의 눈에 보이지 않는 언급이 나온다. 이야기의 마지막에 이르기까지 그들의 미래가 암시하는 바를 이해할 수 없게끔 되어 있지만.

모든 인물은 끝부분에 이르러 처음에 보였던 모습이 전부가 아니고 모든 관계 또한 최초에 생각했던 것보다 훨씬 복잡하고 왜곡되어 있음을 증명한다. 그중에서도 컬렌 부부가 가장 그러하다. 처음에는 비교적 기본적인 괴짜, 특권층의 삶을 사는 알렉산드라가 상대해야만 하는 야외 활동을 즐기는 부유한 괴짜들로만 보인다. "자기중심적이지만 성찰은 하지 않고, 열정이 넘치지만 정서는 메마른 사람들"인 것이다. 조용히 재앙을 불러오는 오후가 끝날 무렵, 경박한 컬렌은 새까지 포함하는 깊고도 넓은 질투심으로 극단적인 행동을 하는, 비극적이고 잠재적 위험을 지닌 인물로 드러난다. 그리고 컬렌 부인은 냉랭한 여인에서 나이 먹은 거칠고 야성적인 아일랜드 소녀로, 마침내 아마존 전사 같은 무언가로 변신한다. 그녀가 도망친 매를 도로 붙잡으려고 할 때 다음과 같은 풍경이 펼쳐진다.

그녀가 신고 있던 팔 센티미터 굽이 달린 프랑스산 혹은 이탈리아산 신발은 그녀를 무력화했을 뿐 아니라 돋보이게 하고 또 위장했다. 이제 그녀의 가슴은 초조한 두 팔에 방해가 되지 않게끔 좀 더 아래로 내려온 듯 보였다. 엉덩이는 넓고 등은 강인하고, 견갑골에서 머리까지는 앵그르의 누드화에서 볼 수 있는 곡선이었다. 그녀는 두 다리를 넓게 벌리고 걸었는데, 고양이처럼 절대로 발을 헛디딜 염려 없이 한 번에 한 발씩 내딛었다.

이 책은 장과 에바, 리케츠의 평행한 드라마를 주변부로 다룬다. 그들도 이 이야기 속에 산다. 알렉산드라와 컬렌 부부의 가정 속에. 방해가 되지 않도록 자동차와 주방으로 물러나 있다. 물론 그들은 붙잡힌 포로고 야생 애완동물 정도의 중요성을 지닐 뿐이다. 호기심, 문제의 근원, 좀 더 막연하게는 무섭고 걷잡을 수 없는 욕망의 영역에서 온, 예속된 침입자였다. 웨스콧은 저물어 가는 시대를 시중받는 사람들의 관점으로 묘사하고, 시중드는 사람들은 그 주인들에게도 독자들에게도 모호하게 남겨 두는 쪽을 선택했다. 이 이야기는 한 세계뿐만 아니라 그 세계의 특정한 생활 방식에 우리를 빠져들게 한다. 장과 에바, 운전기사는 명목상 매와 마찬가지로 부자들의 이야기에서 중대한 역할을 할 뿐만 아니라 그 자신들의 세계에서도 존재한다. 그들이 쓰이지 않은 그들만의 소설에서 살아가는 동시에 이 소설을 스쳐 지나가는 모습을 상상해 볼 수 있다. 그들이 주인공인 소설, 즉 응접실 사람들이 만든 소동은 중요하지만 부차적인 소설이다.

이야기의 중심에는 편재적이면서도 감추어진 알윈 타워가 자리한다. 그가 모든 인물 가운데 가장 어둡고 가장 놀라운 인물임을 알 수 있다. 타워는 매와 비슷한 이유에서, "먹을 것도 풍부하고 더 재미있는 삶이기 때문에" 그 자신도 집의 경계에서만 살고 있다. 속박에 대한 자유의 간청을 제공하기에는 서사 형태가 너무 미묘하지만 어쩌면 비슷한 대가를 치르고 있다. 타워는 아직 늙지 않았지만 더 이상 젊지도 않다. 소설을 쓰려고 하지만 실패하고, 자세히 나오지는 않지만 두 번 사랑에 빠진 적이 있다. (이 책에는 대칭 구도가 많이 들어가 있는데, 훈련된 매들이 연속으로 두 번 먹이를 놓치면 절망에 빠져서 자유를 향해 날아가 버리고 결국 자연에서 굶어 죽는다는 이야기가 나온다.) 기본적으로 타워는 정교하게 잔인하고 정확한 판단을 가진 인식 기관이다. 작가로서는 실패했지만 어떤 면에서 그는 필요에 의해 자신의 캐릭터들보다 더 많이 보아야 하고, 실제보다 자신에 대해 더 많이 알아야 하는 소설가의 화신인 것이다. 하지만 이것이 소설가가 갖추어야 할 필수 덕목이라면 삶에서는 치명적인 결함이다. 타워는 너무 많은 것을 너무 명확하게 보고 너무 적게 원한다. 그리스 신화에 나오는 인물 같기도 하다. 선물로 받은 시야를 내팽개쳐 둘 수 없어서 비이성적으로 아무나, 무엇이나 욕망하게 되는 남자. 이 책에서 타워는 예리한 눈을 제외하고는 그 자신의 바람대로 지각이 거의 없다.

이 책의 소설가 웨스콧도 마찬가지라고 할 수 있으리라. 그의 눈은 매의 그것처럼 냉정하고 정확해서 소설 자체가 언어로 보완되지 않았더라면 과도한 명확성과 열정 부족에 시달릴지도 모른다. 거의 모든 페이지에서 경이로운 표현이나 통찰이 관찰되고, 재창조된 세계가 들어 있다. 알렉산드라의 저택 근처에서 이루어진 사냥에 대해 웨스콧은 이렇게 적는다. "소풍 왔다가 길 잃은 소년 소프라노들의 소리 같은 사냥용 뿔나팔 소리가 울려 퍼졌다." 컬렌 부인이 타워에게 잠깐 동안 손목에 매를 올려 보라고 주었을 때는 "루시의 발톱은 세련된 여성의 손톱이 원단에 그러하듯, 최소한의 움직임으로 가죽을 찌른 후 살짝 당겼음에도 최대한 느슨하고 아프지 않게 잡고 있었다. 전체적으로 움켜쥔 감각만이 꽉 조인 뜨거운 쇠 팔찌처럼 단단하게 느껴질 뿐이었다."라고 한다. 이런 문장들은 그 자체만으로도 묘미가 있지만 책에 큰 의미까지 부여한다는 사실을 고려하면 경외감에 가까운 감탄을 자아낸다.

내 마음속에서『순례자 매』는 포드 매독스 포드의『훌륭한 병사』와 F. 스콧 피츠제럴드의『위대한 개츠비』, 헨리 제임스의『애스펀의 서류』와 당당하게 겨루는 작품이다. 이 작품들이 떠오르는 이유는 전부 참담할 정도의 열정과 욕망을 다루며 참담할 정도로 관리하기 쉽다고 판명된 열정과 욕망 중 그 어떤 것에서도 흐트러지지 않는 사람을 화자로 내세우기 때문이다. 각 작품은 어떻게든 서사의 열쇠 구멍을 제공하고 독자에게 문제적이고 외설스러운 행동을 들여다보라고 청한다. 또한 구멍으로 보이지 않는 것도 중요하다고 암시한다. 마지막으로 이 작품들은 인간사에 관한 한, 비록 웅장하고 열정적인 실수를 위해서라도 유순함과 이성, 질서의 유혹에 넘어가는 것보다 거창하고 비극적으로 사는 편이 낫다는 신념을 공유한다.

그러나 웨스콧은 제임스와 가장 닮았다. 적어도 포드와 피츠제럴드는 애지중지하는 캐릭터들을 운명 지어진 사건들에 놓음으로써, 위안과 혼란을 충돌시켜 내부 연소를 꾀한다. 하지만 웨스콧은 제임스처럼 모든 불꽃을 안에서 만든다. 그를 매료시키는 것은 캐릭터로부터 직접 도약해 나오는 절망적인 사건들이다.『순례자 매』는 기어와 용수철, 도르래의 메커니즘을 만들어 내는 비범한 시계 제조공의 작품이라고도 할 수 있다. 움직일 때 모든 인과 법칙에 순종하지만 끝내 결과는 혼란이다. 제임스와 웨스콧 모두한테 해당되듯 외부 간섭을 필요로 하지 않는 메커니즘의 감각이 있다. 시계태엽을 몇 번이고 감아도 동일한 파멸을 향해 완벽한 정확성으로 째깍대며 움직이리라.

한마디로『순례자 매』는 훌륭한 작품이다. 훌륭하다는 말은 육십 년 이상 된 모호한 책에 자주 적용될 만한 단어가 아니다. 이것은 웨스콧이 좋은 반응을 얻은 데뷔작 『할머니들』 이후로 쓴 두 번째 소설이다. 1945년에는 『아테네의 아파트』를 출간했지만 그 후 사십 년 동안 수필과 일기만 내놓았다. 그가 왜 소설을 그만 썼는지에 대해서는 정확히 알려지지 않았지만 나는 소설가가 글을 그만 쓰는 것은 애초에 글을 쓰기 시작한 이유만큼이나 불가사의하다고 믿는다. 이 작품이 등한시된 이유가 그의 오랜 침묵 때문인지, 책의 이국적인 분위기 때문인지(미국인 작가가 쓴 지극히 유럽풍의 책으로, 어느 범주에 넣기가 어렵다.), 근엄하고 약간 칙칙한 제목(피츠제럴드가 『위대한 개츠비』에, 애당초 염두에 두었던 『높이 뛰어오르는 연인』이라는 제목을 붙였다면 어떻게 되었을까?) 때문인지, 혹은 세상이 선물과 영광을 알아보지 못해서인지 모르겠지만, 나는 이 책이 앞으로 계속 살아남는 데만 그치지 않고 번성하리라 믿는다. 책을 사랑하고 쓰는 사람들은 엄청난 인내를 요구받기 때문이다.

마이클 커닝햄

컬렌 부부는 아일랜드인이었다. 하지만 내가 그들을 만난 곳은 프랑스였고 그 만남에서 두 사람의 사랑과 문제에 대해 감을 잡을 수 있었다. 그들은 헝가리에 빌린 집으로 향하던 어느 날 오후, 내 훌륭한 친구 알렉산드라 헨리를 만나기 위해 프랑스 샹셀레(Chancellet)에 왔다. 그때가 1928년이나 1929년 5월이었다. 나와 알렉산드라가 모두 미국으로 돌아가고, 또 그녀가 내 형제를 만나 결혼하기 전이었다.

당연히 1920년대는 1930년대와 크게 달랐고 이제 1940년대가 시작되었다. 1920년대에는 낯선 시골에서 외국인을 만나는 일이 드물지 않았다. 긴 여행 중에 마주쳐 단 하루의 오후 동안 서로에 대해 알려고 최선을 다하거나 사소하고 급작스러운 인연을 친구 사이라고 불렀다. 이상적 혹은 낙관적인 호기심으로 가득한 분위기가 자리했다. 사람들의 마음에 자리 잡은 엉뚱한 인물들, 다양한 전쟁, 평화가 큰 관심사이자 중요한 일인 것처럼 보였다.

아마도 전혀 중요하지 않기에 프랑스에서 가장 변화가 없는 곳이지만 1940년대의 샹셀레는 대단히 괴로운 장소였으리라. 내 기억으로 1920년대에는 2~3킬로미터 떨어진 펠로스에 요즘 낭만적으로 천문 항법이라 부르는 것을 가르치는 학교가 있었다. 적당한 크기의 비행장과 몇 개의 격납고가 학교에 딸려 있었다. 하지만 그 학교가 지금 사용되고 있다면 아마 외국인 소유일 것이다. 당시에는 꽉 끼는 코트를 입은 샬럿 공작부인과 그녀의 가엾은 친척과 친구들이 매일 펠로스 숲에서 숨이 차 헐떡거리는 말을 타고 사냥을 했다. 소풍 왔다가 길 잃은 소년 소프라노들의 소리 같은 사냥용 뿔 나팔 소리가 울려 퍼졌다. 여우굴 사이에 파리 방어를 위한 대공포가 박혀 있고 잘 관리된 나뭇가지 사이로 성난 라디오 소리가 더듬더듬 흘러나왔다. 이제 적어도 여우와 개똥지빠귀들이 돌아올 수 있다. 알렉스의 정원과 인접한 대저택, 그리고 작은 사유지 공원의 주인이었던 전 장관은 죽었다.

알렉스의 집은 마을 거리의 한 부분이었다. 두 개의 작은 주택과 커다란 마구간을 합쳐서 새로 지었고 단조롭고 현대적인 스타일의 값비싼 가구로 장식했다. 알렉스 혹은 건축가가 1층 도면에 실수를 했다. 식당과 큰 손님방이 길가로 나 있었다. 오를레앙과 관광지로 유명한 시골 루아르로 가는 고속도로였다. 프랑스의 난폭한 차들이 벽을 스치듯 지나갔고 큰 트럭들이 밤새 불안하게 했다. 알렉스의 침실뿐만 아니라 주방과 식료품 저장실은 널찍하고 조용한 정원으로 이어졌다. 정원은 알렉스가 모로코에서 데려온 새 하인들, 장과 에바 부부를 기쁘게 했다. 그들은 정원 맨 끄트머리 구석의 플라타너스 나무 아래를 자신들의 장소로 정했고, 봄 내내 틈날 때마다 그곳에서 시간을 보냈다. 낮 동안 가끔 말다툼도 하고 울 때도 있었지만 저녁노을이나 달빛 아래 입맞춤을 나누며 어김없이 화해하곤 했다. 하인들의 이상한 장소에 대해 언급하는 이유는 컬렌 부부가 방문한 그날 오후 장에게 말을 걸러 갔다가 무심코 주방 창문을 통해 컬렌이 정원에서 단 몇 분간 사랑에서 해방된 채 끔찍한 질투에 무너지는 모습을 보았기 때문이다.

컬렌 부부의 방문에 대한 이야기는 듣지 못했는데 내가 잊어버렸는지도 모른다. 초인종 울리는 소리가 들렸고 또다시 들렸다. 장과 에바는 밖에 있거나 낮잠을 자는 모양이었다. 알렉스는 성가신 문제로 런던에 전화 연결을 해 둔 상태라 방해받고 싶어 하지 않았다. 그래서 내가 문으로 갔다. 집과 고속 도로 사이의 자갈길을 꽉 채운 기다란 검은색 다임러 자동차가 세워져 있고, 세 번째로 초인종을 누르기 직전의 아일랜드인 남자가 서 있었다. "아, 안녕하세요, 헨리 양 댁이 맞지요? 저는 컬렌이라고 합니다." 남자는 이렇게 말하고 부인이 차에서 내리는 것을 도와주고자 몸을 돌렸다. 그것은 매우 섬세한 과정이었다. 컬렌 부인의 손목에 머리 씌우개를 한 완전히 자란 매가 앉아 있었기 때문이다. 말쑥한 젊은 운전기사도 도왔다. 부인은 지나칠 정도로 우아한 옷차림에 지금까지 본 가장 높은 하이힐을 신고 있었다. 염려스러운 표정의 남자들이 팔꿈치를 하나씩 잡은 채로 그녀는 오래된 자갈길을 휘청거리며 걸었다. 매가 약간 흔들렸고 날개를 구부려 균형을 잡았다.

그들은 내 이름을 듣고 따라서 말했고 약간 거창하면서도 모호한 상냥함으로 악수를 나누었다. "매를 데려왔어요." 컬렌 부인이 필요하지도 않은 말을 했다. "새로운 매예요. 알렉스가 뭐라고 하지 않을 것 같아서. 당신도 그러길 바라요." 그녀는 이렇게 덧붙이고는 내가 알렉스 집의 주인인 척할까 봐서 환한 눈동자로 알랑거리는 눈빛을 보냈다. "괜찮으셨으면 좋겠어요." 그녀는 내가 누구인지 알 길이 없었다. 일상적인 방문객이나 알렉스의 친척 혹은 애인이라고 생각할지도 모르는 일이었다.

부인의 눈동자는 수정 같은 파란색이었고 틀림없는 아일랜드인이었다. 런던 말투와 세련된 프랑스식 옷차림에도 불구하고 명백하게 알아차릴 수 있는 면들은 또 있었다. 화장은 매를 부리는 여성치고는 괜찮았고 보송보송한 피부가 드러나 보였으며 들창코는 분홍색이었다. 그리고 콧구멍과 수다스러운 작은 입술이 삐뚤어진 모습도 두드러졌다. 아일랜드인에게 아름다움은 얼마나 드문가, 라는 생각이 들었다. 그렇기에 그 아름다움이 존재하는 경우에는 얼마나 큰 문제가 되는가. 에머, 데어드레이, 오셔어 부인, 맥브라이드 부인을 보라. 내 시선이 컬렌 부인의 눈처럼 새하얗고 움푹 들어간 손가락으로 향했다. 한 손가락에는 상당한 크기의 다이아몬드가, 또 다른 손가락에는 파란색 사파이어가 끼워져 있었다. 매가 걸터앉은 소매와 거친 질감의 기다란 장갑 사이로 비친 손목은 부활절의 백합 같았고 희미하게 반짝이는 스타킹에 덮인 곧은 발목이 완벽하게 어울렸다. 이런 매력적인 부위들은 이성을 매혹시키고 시선을 잡아끌고 불안하게 하기에 충분했다. 적어도 그의 남편을 말이다.

장이 하얀 재킷의 버튼을 채우며 당황한 표정으로 달려왔다. 나는 여주인에게 손님이 왔음을 알리고 운전기사를 차고로 안내하라고 장을 보냈다. 그리고 나는 컬렌 부부를 거실로 안내하고자 했다. 하지만 컬렌 부인이 매에 대한 설명을 멈추지 않았다. "이름은 루시예요. 참 귀엽지요? 스코틀랜드산이에요. 들인 지 5~6주밖에 안 됐어요. 스코틀랜드의 인버네스에서 사냥터지기가 잡았는데 멀쩡해요. 발가락 하나가 덫에 걸려서 구부러진 것만 빼고. 발가락 보이시죠?" 그녀는 문턱에서 멈춰 서더니 루시가 앉아 있는 장갑 낀 손과 손목을 들었다. 과연 도톨도톨하고 얼룩 묻은 가죽을 움켜쥔 발톱 중에서 하나가 똑바로 구부러지지 않았다. 가죽에 묻은 얼룩은 말라붙은 피였다.

　"루시라고 이름 붙인 이유는 겨울에 추워서 사냥을 하지 못할 때마다 아버지께 스콧의 책을 읽어 드려야 했거든요. 알렉스가 보고 싶어 할 것 같아서 데려왔답니다."

　"어차피 데려올 수밖에 없었어요." 그녀의 남편이 큰 소리로 끼어들었다. "호텔에 남겨 두면 끔찍한 일이 일어나거든요. 객실 청소부들이 놀라서 비명을 지르고 울어요. 그러면 팁을 엄청 많이 줘야 하죠."

　그는 덩치가 큰 남자였다. 뚱뚱하지는 않지만 여기저기 불규칙적으로 말랑말랑한 살덩이가 붙어 있었다. 몸통에는 살이 별로 없고 머리와 양손에 몰려 있었다. 영국인 같은 그의 혈색은 사냥과 사격보다 먹고 마시는 것을 좋아한다는 사실을 말해 주었다. 어쨌든 매를 부리는 것과 관련 있어 보이는 모습은 전혀 없었다. 녹갈색의 눈은 약간 충혈되었고 이따금씩 황금빛으로 떨렸다. 콧수염 아래의 입술은 매정하게 비쭉 내미는 것 같기도 하고 의기소침하게 하는 키스 같기도 한 모양으로 열렸다 닫혔다.

　거실에 앉으려고 할 때 두 사람이 그제야 알아차렸다는 듯 말했다. 인사치레라는 것이 보였다. "거실이 정말 멋지군요. 정말 특별하고 현대적이고 아늑하네요." 하지만 매우 큰 거실이었다. 예전에 마구간이었는데, 건초 다락을 제거해서 지붕이 천장을 이루었고 오래된 밤색 서까래가 고딕식으로 8~9미터 정도 튀어나왔다. 목조부에는 진한 색깔로 왁스 칠이 되어 있고 벽은 하얀색으로 칠했다. 마을의 교회를 떠올리게 했다. 거실 사방에는 뭉툭하고 기본적인 드로잉에 스테인드글라스 같은 과한 색깔로 이루어진 현대적인 그림이 일정한 간격으로 걸려 있었다. 하지만 햇살 가득한 날에 현대적인 그림은 정원과 그 너머의 풍경에 의해 흐릿하고 작아 보이기 마련이었다. 알렉스의 집을 지은 건축가는 정원 쪽 벽을 거의 3분의 1가량 없애고 커다란 판유리 두 개를 넣었다.

컬렌은 정중하게 커다란 창문 쪽으로 걸어가 다시 한 번 탄성을 질렀다. "정말 멋진 정원이야. 연못까지 있다니 부럽군!" 프랑스인이 영국 정원이라고 부르는 스타일이었다. 화단이 없고 늦은 5월의 고요한 찬란함 속에서 잔디 사이로 몇 가지 꽃이 피어 있고 물가에 길이 있고 관목이 잘 자라는 그런 정원 말이다. 연못에는 거품 같은 구름과 연한 파란색의 특징을 띠는 센에우아즈(Seine-et Oise) 같은 하늘이 수면에 그대로 복제되어 우리 발치에도 있었다. 뒤쪽 배경은 역시나 저마다 조금씩 다른 황홀한 색조로 뒤덮였다.

하지만 이러한 풍경을 마주하고 선 컬렌 부인은 무관심했고 그저 예의만 차릴 뿐 진심으로 감상하지 않는 것처럼 보였다. 개인적으로 끌릴 만한 것이 있는지 약간 얼굴을 찌푸리고 능률적으로 살폈지만 발견하지 못한 듯했다. 곧바로 그녀의 가벼운 속눈썹이 다시 떨리기 시작했고 푸른색 동공이 풀리며 반짝임은 거의 사라졌다. 그녀가 오랫동안 풍부한 표정으로 바라보는 것은 남편과 매뿐이었다.

정원을 보고서 떠오르는 생각은 매가 보지 못한다는 사실뿐인 모양이었다. 매는 부리를 제외하고 머리 전체가 깃털 장식이 달린 머리 씌우개에 덮여 있었다. "불쌍한 루시. 박쥐처럼 눈이 멀다니." 컬렌 부인이 중얼거렸다. 그녀는 매우 능숙하게 입으로 한쪽 끈을, 나머지는 오른손 엄지와 검지로 잡고 머리 씌우개를 풀었다. 매도 얼굴을 찌푸리고 방 안을 빙 둘러 보더니 창문을 향해 눈을 깜빡거렸다. 목 근처의 하얗고 푸른색의 날개를 펼쳐 재배치하고 묶은 다리 사이로 머리를 빗질하고 강한 어깨에 대고 뺨을 반듯하게 폈다.

컬렌 부인은 자신과 루시에게 가장 잘 어울리는 안락의자를 찾으려는 듯 이리저리 서성였다. 그때 알렉스가 장거리 전화를 끝내고 돌아와 곧바로 인사하지 못한 점을 사과했다. 컬렌 부부는 또다시 집과 정원에 대해 한바탕 칭찬을 늘어놓는 것으로 화답했고 역시나 또 매를 소개했다. "오페라 「람메르무어의 루치아」에 나오는 루시 애시턴의 루시랍니다." 컬렌 부인이 설명했다. "그녀의 노래를 기억하나요? 쉬운 삶과 조용한 죽음, 텅 빈 손과 심장, 눈."

재미있게도 컬렌이 오페라 「람메르무어의 루치아」에서 루시가 미치는 장면에 나오는 노래를 아일랜드 남성의 고음으로 몇 곡조 흥얼거렸다. 그의 아내는 작은 목소리로 남편의 이름 래리를 부르며 조용히 하라 했다. 그러고는 알렉스에게 파리의 플라자 오노레에서 바쁘게 쇼핑을 했고, 다음 날 스트라스부르를 통해 헝가리로 돌아가려 한다고 말했다. 나는 그들이 빨리 잡담을 멈추고 자리에 앉기를 바랐다. 자리에 앉아서 매를 편안하게 감상하고 싶었고 물어보고 싶은 질문도 있었다. 마침내 컬렌 부인이 등받이가 높고 팔걸이가 없는 의자를 부탁해 내가 식당에서 가져왔다.

컬렌 부부의 방문을 몹시 반기는 알렉스의 모습이 인상적이었다. 나는 알렉스가 내 사촌을 비롯한 비슷한 처지의 몇몇 친구들이 있을 뿐인 프랑스에서 홀로 생활하는 것이 무척 외롭겠다고 생각했다. 알렉스는 아버지와 함께 스코틀랜드와 모로코에서 오랫동안 살았고 동양을 여행했으며 런던에서도 살았다. 그녀의 어린 시절 친구들은 컬렌 부부처럼 야외를 좋아하는 자기중심적이지만 성찰은 하지 않고 열정이 넘치지만 정서는 메마른 사람들이었다. 알렉스는 더 이상 그런 사람들을 존중하거나 신뢰하지 않았지만 그래도 여전히 즐겁게 여기는 듯했다.

그런 사람들한테서는 자신의 모든 것에 대한 열정이 언제나 넘쳐흐른다. 그 열정은 가벼운 흥분 속에서 분수처럼 퐁퐁 솟다가 상대의 관심을 잡아 두고 상대의 마음속에 거울처럼 비친다. 그러면 상대방의 마음에도 그들에 대한 관심이 퐁퐁 솟는다. 알렉스의 주요한 특징 가운데 하나는 호기심이 없다는 것이었는데 상대방이 질문하고 싶어질까 봐 혹은 상대방에게 질문 권한을 줄까 봐 두려워서인 듯했다. 어쩌면 이기적인 모습에서 안도감을 느끼고 수줍음이 줄어드는지도 몰랐다. 어쨌든 그날 오후 알렉스는 내가 품고 있던 몇 가지 궁금증을 포함해 열심히 질문을 했고 컬렌 부인은 기꺼이 대답했다. 컬렌은 열심히 귀 기울이며 적당한 메아리를 더했다. 놀랍게도 이상한 양립성이 만들어진 바람에 나도 모르게 조금씩 대화에 참여하게 되었다.

나는 온통 매에 매료되어서 다른 것들에는 관심이 가지

않았다. 그리고 매는 사교적이고 여행을 자주 다니고 너그러운 이 부부가 원칙적으로 제외시키는 흥미로운 대화 주제들의 전형 혹은 상징 역할을 했다. 병과 가난, 성, 종교, 예술 말이다. 지루해지려고 할 때마다 미치광이 같은 눈으로 엄숙하게 처다보는 매의 눈빛은 듣기를 멈추고 나에 대한, 혹은 나를 위한 생각에 집중하도록 도와주었다.

컬렌 부부에 대한 혼란이 커질수록 흥미도 커졌다. 누군가를 제대로 이해하게 되는지 상관없이 나는 골치 아프고 강렬한 피상성으로부터 시작할 때가 많다. 그들은 넘치는 에너지와 차분한 행동거지로 전 세계를 돌아다니는 부유한 영국인 부류가 확실했다. 자기중심적이고 사교적이지만 냉랭한 구석이 있었으며 한가롭게 시간을 때웠다. 하지만 차분하거나 평화로운 그들의 모습에는 진정성이 하나도 없었다. 컬렌은 보통 신사보다 다리를 넓게 벌리거나 느슨하게 꼬고 알렉스의 가장 푹신한 의자에 편하게 앉아 있었다. 저녁 식사에 대해 생각하는 듯 더부룩한 콧수염 아래로 입술을 핥았고 필생의 과업이라도 되는 듯이 주기적으로 아내의 대화에 끼어들었다. 그런데 그는 어떤 기이한 감정을 물리치려 애쓰지만 역부족인 것처럼 보였다. 그가 말할 때마다 그의 아내는 미소를 짓거나 적어도 그쪽으로 고개를 기울였다. 내가 보기에는 그녀가 가정 교육을 잘 받은 덕분인 듯했다. 컬렌의 발언, 특히 어조는 불쾌하게 들렸는데 말이다. 하지만 그가 말하는 사이에 바라보는 아내의 눈빛에는 애정이 엿보였다. 그녀는 팔에 놓인 커다란 새에 대해 애정 가득한 호들갑을 떨 때마다 계속 남편 쪽으로 시선을 돌리며 제발 같이 좋아해 달라고 간청했다. 새는 아기고 남편은 연인이라고 할 수 있을까, 아니면 그

반대일까?

알렉스는 그들이 이렇게 일 년 중 가장 좋은 계절에 아일 랜드를 떠났다는 사실에 놀라움을 표시했다. 컬렌 부인은 아일랜드에서는 계절이 좋건 그렇지 않건 사냥밖에 할 것이 없다고 답했다. "우리 못된 아들들이 집에 올 때마다 사냥 말들을 훔쳐 가요. 계속 새 말을 들이는 것도 벅차요. 난 누가 탔던 말은 절대로 못 타는데."

또한 그녀는 조용하게 오랫동안 유지되어 온 재산이 줄어들고 있다는 점도 시사했다. 통풍이 들어오는 복도나 잡초 무성한 산울타리에서 밴시[1]가 친척들의 죽음이 아닌 늘어나는 세금과 줄어드는 임차료와 투자 수익을 소리치고 있다고. 물론 손으로 짠 비단과 다이아몬드, 비단처럼 부드러운 트위드를 입고 다임러 자동차로 부다페스트로 가는 길에 플라자 오 노레에 들를 정도니 여전히 부유해 보였다. 하지만 시골의 오래된 대저택에 손님들이 북적거리고 필수적인 마구간과 개 사육장, 식품 저장실과 지하 저장고, 충분히 많은 하인들이 있는 것보다는 부유하지 않았다. 컬렌 부인은 대저택 컬렌 홀을 닫은 후로 일 년 중 절반은 사람들의 초대를 받아들이는 입장이 되었고, 유럽 물가가 저렴하다고 말했다.

컬렌은 그녀가 이런 말을 한 데에 짜증 난 것이 분명했다. 그가 말하길 술주정뱅이 동네 사람 하나는 상속받은 재산을 전부 팔아 치웠고, 자기 사촌 두 명도 저택을 세줄 수밖에 없는 처지가 되었다고 했다. 그러고는 이미 영국 전체가 그렇다고 하지만, 자신들의 상황이 불명예스럽거나 절망적인 것은

---

1   구슬픈 울음소리로 가족 중 누군가가 곧 죽게 될 것임을 알려 주는 여자 유령.

아니라고 부드럽게 짚어 주었다. 컬렌 부인이 아닌 그에게는 아직 어느 정도 유산이 남아 있었다. 어머니의 눈에는 아직 어리게만 보이는 아들들은 다 컸다고 할 수 있지만 아직 돈이 많이 드는 공부를 계속하고 있었다. 컬렌의 형제자매가 긴 휴가 때마다 기꺼이 그들의 집에 와서 있으라고 했지만 부부는 해고하기에는 너무 나이 많은 하인 두세 명과 컬렌 홀에서 지내는 편을 선호했다. 이웃들과 사냥을 하기도 했다. 젊은이들은 외국에서 온 사람을 비롯해 낯선 이들을 쉽게 사귄다지만 빌드라는 이름의 제조업자 유대인을 사귀는 것은 컬렌에게 쉬운 일이 아니었다.

컬렌 부인은 빌드 경을 옹호하는 말을 한마디 했다. 특히 자식들을 생각할 때 컬렌 홀과 인접한 저택을 구입한 것이 그여서 다행이라고 했다. 빌드 경은 천한 독일 출신이지만 예의와 스포츠맨 정신, 몸매 관리에 대해 그들보다 엄격했다. 이웃의 영향은 교육과도 같은 법이다. 최근 스스로를 깨우친 인종과 계급에 속한 이들이 특히나 최고의 스승이 되니 말이다.

컬렌은 어느새 자리에서 일어나 아내의 팔꿈치 옆에 서서 약 올리듯 매에 대고 한 손가락을 흔들었다. 매의 커다란 눈에는 자연스러운 약간의 어리둥절함이 나타났을 뿐이었지만 그의 얼굴엔 서서히 비웃음이 떠오르더니 얼굴색이 창백하게 변했다. 나는 그때 처음으로 그가 루시를 싫어한다는 흥미로운 사실을 깨달았다.

그가 복수의 쾌감을 얻기 위해 기꺼이 손가락 끝부분을 희생하리라는 생각이 들었다. 나는 그가 의자나 커피 테이블을 들어 루시를 내리치는 모습을 상상했다. 그것이 동물과 인간의 차이 아니겠는가! 당연히 루시는 상황에 따라 극도로 맹렬하게 변할 수 있겠지만 지금은 미동조차 않은 채 예의 바르고 한가롭게 앉아 있었다. 인간은 지나치게 연극적인 존재라 열정도 준비하고 연습해야 한다. 그렇기에 인간 생의 절반은 모호하고 격렬한 가장(假裝)이다.

컬렌 부인은 남편을 올려다보며 부드러운 어조로 말했다. "내가 보기에 아일랜드의 문제는 우리가 매를 키우는 걸 싫어한다는 거예요. 당연히 빌드 경도 반대하지만 난 신경 쓰지 않아요. 그는 확신이 없어요. 게다가 유대인이고. 그가 자신과 다른 의견을 받아들이리라고는 기대할 수 없죠. 하지만 다른 이웃들과 가족은 성가실 정도예요."

컬렌은 매를 약 올리던 손을 주머니에 넣고 안락의자로 돌아가 앉았다. 순간 농담인 척하는 뉘우침의 형태로 컬렌 부인의 눈빛이 반짝였다. 아일랜드의 상황과 세속적인 상황에 대한 주제에서 벗어나 세상의 전부와도 같은 사랑하는 매의 이야기로 돌아가서 기쁜지도 몰랐다.

그녀는 지난해 여름에 늙은 헝가리아인에게 훈련된 수컷 매를 샀다고 말했다. "지난겨울에 스코틀랜드에서 유쾌한 미국인들의 집에 머무를 때 그 매를 데려왔죠. 그런데 후두염에 걸려서 죽고 말았어요. 그 집은 미국식 난방을 설치했는데 오래된 집이 습해지는 것 같더라고요. 그러다 사냥터지기가 루시를 잡아서 나에게 줬죠. 정말 운이 좋았죠? 언젠가 꼭 매를 직접 훈련시켜 보고 싶었거든요."

그녀는 암컷을 팰컨(falcon)이라 하고, 해거드(haggard)는 잡힐 당시 최소 생후 일 년 된 야생매를 말한다고 정확한 용어를 사용해서 설명했다.

루시는 한쪽 발이 약간 기형인 것을 제외하고 제가 속하는 종, 학명 팔코 페레그리누스(Falco peregrinus), 즉 순례자 매의 최고 개체였다. 루시의 몸길이는 여주인의 팔만 하고 너무 길다 싶은 날개 깃털이 마치 접힌 천막처럼 등에 걸쳐 있었다. 등은 뭐라고 형언할 수 없는 철의 색조를 지녔는데, 불그스레한 젊음의 고색(枯色)이 약간 빛났다. 호화로운 가슴은 흰색이고 밤색의 작은 끈 또는 술이 달렸다. 술 달린 다리는 발톱까지 곧게 뻗어 살이 거의 보이지 않았고 에나멜 같은 녹색이 도는 노란색이었다.

하지만 루시의 가장 눈에 띄는 아름다움은 표정이었다. 작은 불꽃같아서 관심을 사로잡았다. 하지만 깜빡거리지 않았고 환하거나 따뜻함도 없었다. 욕구나 소명에 인생의 모든 순간을 집중하는 기운 넘치는 남자들에게서 가끔 볼 수 있는 표정이었다. 선하지만 악하다고 오해받고, 반대로 악한데 선하다고 오해받을 수도 있을 것이다. 루시의 경우에 그 표정은 주로 눈에 나타났다. 루시의 눈은 검은색이 아니라 구슬픈 갈색이고 터무니없이 컸으며 평평한 머리에 깊숙이 들어가 있었다.

위쪽 부리의 양쪽에는 작은 이빨 혹은 어금니가 있었다. 컬렌 부인은, 전성기의 온전한 새는 그것을 이용해 사냥감의 척수를 낚아채는데 자연에서 가장 자비로운 죽음이라고 설명했다. 우리 일꾼들이 옥수수를 벗길 때 사용하는 갈고리 달린 장갑이 떠올랐다. 효과적이리라는 생각이 들었다. 커다란 천사의 손 같은 암컷 매가 하늘에서 비둘기나 자고새의 깃털을 벗기고 고깃덩어리를 꺼내는, 목에서 영혼을 꺼내는 모습.

컬렌 부인은 내가 만나 본 사람 중 가장 말 많은 여성이었다. 그것도 오후 내내 매 이야기만 했다. 많은 영국인이 야생

동물을 죽이는 데에 필사적이라 자연히 사냥에 도움이 되는 애완동물도 중요하게 생각한다. 인간 본성에 대해 잘 아는 사람들은 동물에 대해 이야기하는 쪽을 선호하는데 어쩌면 그것이 진정 용기 있는 대화의 대부분이기 때문이다. 하지만 컬렌 부인의 열정은 전혀 달랐고 그동안 만나 본 같은 영국인 대다수를 거슬리게 하거나 경계하게 했을 터였다. 한동안 귀 기울여 보니 그녀는 마음속에서 어떤 특정한 상상이나 간과할 수 없는 문제가 샘솟는 것을 느꼈고 이중적인 의미를 사용해 말함으로써 덜어 내려고 했다. 내 생각에 그녀는 이중성을 절대로 인정한 적 없고 평이한 말로 자신을 표현할 수도 없었을 것이다. 일반적으로 사람들의 말에는 자신이 아는 것보다 훨씬 많은 의미가 들어 있는 법이다.

예를 들어 컬렌 부인은 자연 상태의 매는 병으로 죽는 경우가 드물고 대개 굶어 죽는다고 알려 주었다. 시력이 나빠지고 일부는 날개깃이 부러지거나 빠지고 발톱이 둔해지거나 부러진다. 그래서 사냥감을 판단하는 능력이 떨어지거나 비행이 느려져 손쉬운 사냥감마저 놓친다. 또는 체중이 줄어서 사냥감을 향해 급강하해도 기절시키지 못한다. 사냥감이 죽을 때까지 발톱으로 움켜잡지도 못한다. 날이 갈수록 모양새만 빠진다. 결국 어린 새나 병든 새, 혹은 지상의 작은 동물에만 의존해야 하는데 눈뜨고 보기 힘든 장면이다. 어쨌든 손쉬운 먹잇감은 많지 않아서 충분히 먹지 못한다. 배고픔이 심해질수록 사냥 실력이 떨어지고 약해질수록 배고픔이 심해진다. 고통스러운 인과 관계의 혼란이다. 마침내 수치심과 병적인 좌절에 압도당해 바위나 나무에 가만히 앉아서 죽을 날만 기다린다. 철학적으로 말하자면 스스로 죽음을 허용하는 것이다.

"작년에 더블린의 정신 병원 직원으로 있는 남자분을 만났어요." 컬렌 부인이 말했다. "정신 병원이 어떻게 생겼는지 궁금했는데, 어느 날 오후에 그분이 병원 시찰을 할 때 따라가게 해 주었죠. 환자들 중에 매를 연상시키는 사람들도 있더군요." 무릎에 두 손을 올려놓고 무기력하게 앉아 있고 기진맥진해서 속삭이는 정도의 목소리로밖에 말하지 못하며 눈동자는 이글거리지만 초점이 없고 집중하지 못하는 모습……"

컬렌이 시끄럽게 헛기침을 했다. 어쩌면 여자들의 호기심에 대한 항의이거나 한낱 새의 생태에 담긴 의미를 읽으려 하는 어리석음에 대한 항의일 수 있었다.

매사냥꾼들은 매가 느끼는 배고픔이 다른 새나 동물보다 훨씬 끔찍하다고 여긴다며, 컬렌 부인이 말했다. 온몸의 깃털이 쓰라리고 발가락이 엄청나게 간지럽고 목에 충혈된 덩어리가 생기고 가벼운 깃털이 붕대처럼 헐렁하게 전신을 감싸서 미칠 지경이 된다. 매가 길들여질 수 있고 놀라운 기술을 훈련시킬 수 있는 이유는 이런 고통스러운 탐욕과 극심한 집중력 때문이다. 매는 그 어떤 새보다 많이 배운다. 아이크, 아이크 하는 매의 울음소리에서도 알 수 있다. 컬렌 부인은 울음소리를 흉내 냈다. 입안을 델 정도로 뜨거운 물이 한가득 들어 있는 것처럼 꾸르르륵 하는 저음의 소리가 담긴 작고 생기 없는 비명이었다. "인간은 절대로 느낄 수 없을 거예요."

"매들린, 매들린, 하지만 우리는 배고픔을 느껴 본 적이 없잖소." 컬렌이 큰 만족감이 깃든 웃음소리와 함께 이의를 제기했다. "그런데 어떻게 알 수 있소?"

컬렌 부인은 남편에게 바보 같은 소리를 하지 말라고 타

이르듯 말했다. 영국이 파견한 카키색과 흑색 제복(Black and Tans)을 입은 임시군을 피해 숨은 아일랜드 공화국 지지자들, 1922년의 독일인 등 굶주린 사람들을 직접 만나 굶주리는 느낌을 물어봤는데 약간 졸리는 듯한 기분이라고 했다는 것이었다.

의아했다. 나는 미국 위스콘신의 농장과 시카고의 빈민가에서, 1922년에는 독일에서 가난하게 자랐지만 배고픔의 정확한 감각, 즉 배가 느끼는 감각을 떠올릴 수가 없었다. 비교적 잘 먹는 사람들과 마찬가지로 나는 인간의 배고픔이 정신적이고 정서적인 것이라고 생각했다. 예를 들어 내가 어른이 되어 가장 먼저 한 일은 문학 작가였다. 하지만 나에게 재능이 없다고 경고해 준 사람은 아무도 없었다. 결국 훌륭한 작가가 되고 싶은 희망은 쓰고 뜨겁고 안절부절못하는 경험이 되었다. 나이가 들수록 더 심해질 터였다. 성공하지 못한 예술가는 무관심의 대상이 되고 자존심과 괴로움 때문에 다시 날지 못하고 억눌린 영감을 안고 지루해서 죽을 것 같은 상태로 기다린다. 당연히 이런 이야기를 알렉스와 컬렌 부부에게는 하지 않았다. 진정한 삶과 굶주리는 국가들, 탐욕스러운 종의 새 같은 이야기를 주고받는 그들에게 이런 이야기를 하는 것은 무례하고 비정상적인 일 같았다.

루시는 한순간 한쪽 다리로 서서 나머지 다리를 흔들고 날개를 아래쪽으로 하여 전체 깃털의 절반을 기다란 부채 모양으로 펼치고 나를 쳐다보았다. 눈을 깜빡거리는 것인지 윙크하는 것인지. 봄 내내 글쓰기의 결과가 좋지 않았기에 루시를 글 쓰는 작업과 연결 짓는 생각을 계속하고 싶지 않았다. 그 대신 루시를 성적인 욕망의 이미지로 생각하기 시작했다.

성적인 욕망은 언제든 일로 지친 마음에 큰 안도감이 되어 준다. 일이 잘 풀리지 않는 것에 대한 자연스러운 위안. 혹은 컬렌 부부의 서로에 대한 감정이 나에게 암시한 것인지도 모른다. 당연히 예술은 너무 예외적이어서 대화 주제로는 가치가 없었지만 성은 그렇지 않다. 적어도 20세기 같은 번영의 시기에 프랑스와 미국처럼 좋은 나라에서 성적인 욕망은 대다수 남자들이 지닌 평생 가장 열렬한 욕망임에 틀림없으리라.

성욕이 강한 남자들은 항복하고 결혼해서 결혼 생활을 유지하지 않는 한, 굶어 죽는다고 할 수 있다. 당시 나는 아직 젊었지만 다행히 사랑에 빠져 본 경험이 있었다. 하지만 초기의 다툼과 실패가 경고를 한다. 친구들이 털어놓는 비밀과 다른 남자들에 대한 뒷말을 통해 기대의 모호한 형태를 발견한다. 운이 다한 후에도 삶은 계속된다. 육체가 더 이상 젊지 않게 된 후에도 젊음은 끈질기게 이어진다. 끝없이 사랑을 갈구하지만 시간이 갈수록 사랑받을 가능성도, 사랑할 능력도 줄어드는데 사랑의 복통은 여전히 강렬하다. 노총각은 늙은 매와 같다.

문명화된 인간은 문자 그대로의 굶주림과 죽음의 공포, 실질적인 노예 상태를 피하는 법을 배웠다. 적어도 20세기에는 그렇게 보였다. 그 대신 노화, 매력의 상실, 사랑의 부재에 대한 두려움 같은 것들이 생겼다. 어느새 나는 미혼의 젊은 알렉스를 초조하게 또 감상적으로, 그녀의 아일랜드인 손님들을 괜한 질투로 바라보았다. 하지만 아일랜드인 부인의 불안한 태도와 남편의 사로잡힌 듯하면서 불편한 표정은 내가 잘못된 구분을 하고 있음을 상기해 주었다. 결혼 생활에는 개인이 바라는 달콤한 안전함이 없다. 결혼 생활에는 배고픔과 그

쌍둥이인 혐오도 있다. 그리고 시간의 흐름과 별도 있다. 물론 진정한 사랑과 욕망은 동일하지 않고 불가분의 관계도 아니며 분간하기 어렵지도 않다. 단지 그것들은 서로를 반영하고 모방하고 설명할 뿐이다.

그날 오후에 떠올린 생각과 나눈 대화를 다시 떠올려 보니, 내가 컬렌 부인의 말에 주의를 기울이지 않고 속으로 공상과 걱정을 하며 들뜬 것은 아무래도 그녀 책임인 것 같다. 그렇게 활기 넘치고 매력적인 여성에게 숨겨진 감정의 신호와 이중적 의미는 흥미진진할 수밖에 없고, 그 흥분감은 개인적인 방향으로 이어진다. 하지만 나는 그날의 상황에서 드러난 그녀의 인품과 역경을 마치 거울로 자신을 보듯이 바라볼 수 있었다. 나는 그녀가 본능적으로 그것을 원했다고 생각한다.

컬렌 부인은 알렉스의 계속된 질문에 답을 했다. 매의 옷을 만드는 장인, 특히 인도의 수세대에 걸쳐 내려오는 조류용 바느질 도구 판매점, 잔디와 덤불과 바람 사이로 맑게 울려 퍼지는 방울 소리, 매끄러운 눈꺼풀과 입술에 궤양을 덜 생기게 하는 머리 씌우개, 지금까지도 최고의 매사냥 훈련 안내서로 평가받는, 하이픈이 세 번이나 들어간 제목을 가진 고대 페르시아 원전 이야기.

그때 루시가 성질을 부렸다. 다시 말하자면 주먹 쥔 컬렌 부인의 손에서 아래쪽으로 곤두박질치듯 움직였다. 다리에 묶인 가죽끈과 컬렌 부인이 잡고 있던 줄이 스르르 빠져나가면서 루시는 거꾸로 매달린 볼썽사나운 모습이 되었다. 간질 발작이나 정신 이상 발작처럼 보기 괴로운 광경이었다. 가죽끈이 끊어질 염려는 없었다. 하지만 나는 루시의 군살 없는 밝은색 다리가 탁 하고 부러지는 줄 알았다. 아이크! 비명을 지르리라 생각했다. 하지만 루시의 짤랑거리는 방울 소리와 경련을 일으키는 깃털, 깃털 사이로 거칠게 헐떡이는 숨소리만 들릴 뿐이었다. 뻣뻣하게 나온 꽁지깃과 날개깃이 머리부터 발끝까지 루시 자신에게서, 여주인에게서 요동쳤다. 컬런 부인은 조금도 당황하지 않고 왼팔을 머리 위로 쭉 들어 올리고 자리에서 일어나 가만히 서 있었다. 퍼덕거리는 움직임을 피해 얼굴만 돌렸을 따름이었다. 그녀의 침착함이 힘만큼이나 나를 감탄시켰다.

머지않아 루시가 조금씩 포기하기 시작했다. 매우 놀라웠다. 깃털이 하나씩 다시 통제되기 시작하는 모습이 실제로 보였다. 그러더니 정육점의 칠면조나 거위처럼 평화롭게 매달려 있었다. 하지만 아주 잠깐 동안이었다. 기다란 날개가 다시 움직이기 시작했는데, 이번에는 움직임이 달랐다. 허공을 껴안고 공기에 맞서 몸을 벗팅기다가 발톱으로 장갑을 잡았고 원래 있던 자리로 다시 몸을 끌어올리는 데 성공했다. 원래 자리로 돌아간 루시는 우리를 빤히 쳐다보는지, 그저 노려보면서 당혹한 눈에 몰린 피를 진정시키고 깃털을 가다듬었다.

컬런 부인은 한숨과 희미한 미소로 떨리는 팔을 내리고 다시 의자에 앉았다. 그녀는 길들여진 매가 정기적으로 헛된 탈출을 시도하고 자유를 향한 광기 어린 발작을 일으킨다고 설명했다. 특히 첫해나 두 번째 해에 가장 많이 나타나고 제대로 대처하지 않으면 평생 그런다고 했다. "매는 절대로 야성을 버리지 못해요. 동방에서 조심해야 해야 하는 말라리아 같은 간헐열과 비슷하죠."

루시는 매우 솔직하고 활동적인 새라서 문제를 일으키려는 순간을 알아차릴 수 있었다. 작게 쨍그랑거리는 방울 소리가 반복되거나 다리 끈 하나가 계속 당겨지는 것이었다. 가죽 끈이 헐거워지거나 닳을 수도 있었다. "풀려나기는커녕 오히려 끈이 더 꽉 조이죠. 분노와 절망이 커지는 거예요." 컬렌 부인은 이렇게 끝맺었다. "어쩔 수도 없고 견딜 수도 없죠. 자살 시도나 마찬가지예요."

"자유가 아니면 죽음을 달라, 하하." 컬렌이 소리쳤다. 그는 우리가 미국인이라는 이유로, 아니면 알렉스의 성이 최초로 그러한 정서를 표현한 미국인[2]과 똑같은 헨리여서 그랬는지 특별한 박수갈채를 기대하는 듯했다. 그의 아내는 박수갈채와 정반대되는 표정을 보냈고, 그는 대수롭지 않게 받아들였다. 그의 녹갈색 눈동자가 보석처럼 도드라졌고 혀끝이 입술에서 반짝였다.

한편 컬렌 부인은 루시의 몸과 지친 발을 천천히 쓰다듬었다. 그녀는 간호사이고 루시는 한바탕 병을 앓거나 광기 어린 발작을 일으킨 후의 환자 같았다. 혹은 그녀가 루시와 사랑에 빠졌고 멍한 상태에서 쾌락이 약해지는 상황이라고 할 수 있을지도 몰랐다. 그녀가 내뱉는 모든 말은 혼란스러운 의미에 별다른 뜻을 더해 주지 못했다. "루시의 발작을 막을 수 있을 때도 있어요. 가정 교사가 아이에 대해 알게 되면 떼를 쓰기 시작하는 순간, 주의를 다른 곳으로 돌릴 수 있는 것이나 마찬가지죠. 이렇게 자주 쓰다듬어 주면 효과가 있어요. 처음에는 으레 그렇듯 말린 비둘기 날개를 사용했지만 이게 루시에게 잘 맞아요."

<hr />

2   미국의 정치가이자 독립 운동가 패트릭 헨리(Patrick Henry, 1736~1799)를 가리킨다.

그녀는 한가롭게 루시를 계속 쓰다듬었다. 긴 손톱에 색깔을 입혔고 묵직한 반지를 낀 움푹 들어간 두 손가락이 기진맥진한 깃털을 어루만졌다. "발작을 일으키려는 순간을 제때 알아차리면 잠깐 동안 머리 위로 들어 올리기도 해요. 루시는 최대한 높은 곳에 앉아서 주변을 내려다보는 걸 좋아하거든요. 자기보다 높이 있는 것들을 보면 무서운가 봐요. 사람도 가끔 그렇잖아요?" 그녀가 부드럽게 미소 지으며 덧붙였다.

매에서 사람으로, 객관적에서 주관적으로 그녀가 계속 보여 주는 변화는 나를 놀라게 했다. 여교사뿐만 아니라 사랑에 푹 빠진 여자라면 아첨이 문제를 피하게 해 주고 우월성에 대한 착각이 열등함에 대한 착각을 상쇄해 준다는 사실을 잘 알 것이다. 하지만 남편에 대한 그녀의 사랑은 정교하고 유익하고 치유적인 대단한 사랑이라고 생각되지 않았다.

컬렌 부인은 사육당하는 매는 알을 낳지 않는다고 설명했다. 사육 상태에서 매가 알을 낳게끔 다양한 시도를 해 봤지만 성공하지 못했다. 그래서 매 부리는 사람은 새로운 매를 조련할 때마다 처음부터 새로 시작해야 한다. 완벽한 야생의 생명체 매는 끔찍한 굶주림 속에서 조금씩 서서히 굴복한다. 하지만 굴복과 사육이 전부일 뿐, 길들여진 매는 절대로 편안해하지 않는다. 일 년 내내 수컷과 암컷을 나란히 놓아둔들 아무런 일도 일어나지 않는다. 언젠가 싸움은 멈추지만 계속 혼자 지낸다. 굴복한 상대에 대한 경멸 혹은 자기 경멸이 그들을 비탄에 잠기게 하는 듯하다. 절대로 둥지를 만들지도, 알을 낳지도 않는다. 속박된 상태에서 태어나는 매 새끼는 단 한 마리도 없다. 굴복 상태를 진정으로 수용하지도, 다음 세대에 물려주는 일도 없다.

컬렌 부인은 동반자 매(make-hawk)는 일종의 예외라고 했다. 동반자 매는 훈련이 잘된 나이 든 매로 일부 전문가들이 어린 매의 훈련에 사용하기도 한다. 하지만 동반자 매의 영향도 필요악의 합리화, 악의 주입, 악조건에서도 최선을 다하는 데엔 방해가 될 것이다. 그들도 바위나 불편한 나무가 없는 환경에서 태어났고 번식을 하지 않기 때문이다.

"꼭 학교 선생들 같지요." 컬렌이 떠들어 대듯 말했다. 재미있는 말이라고 생각되었다. 하지만 컬렌의 미소는 음흉했고 그의 아내와 알렉스가 당혹해하는 기색이 역력했으므로 나는 미소 짓지 않았다.

컬렌 부인은 뷔퐁이 매에 대해 남긴 유명한 말을 인용했다. "L'individu seul est esclave; l'espèce est libre." 뷔퐁은 그녀 아버지가 스콧 다음으로 좋아하는 작가였다. 그녀의 프랑스어 억양은 맞지 않았지만 무척 매력적이었다. 매는 개인으로서만 노예일 뿐 종은 자유롭다······.

그러자 알렉스가 평소보다 큰 목소리로 말했다. "인간과는 정반대군요. 우리는 전체적으로 노예가 아니던가요? 오로지 한 인간만이 자유를 꿈꿀 수 있죠. 한 번에 한 명씩."

"그래요. 그럴지도." 컬렌 부인이 동의했다. 하지만 그녀는 잘난 체하는 미소를 지었다. 방자하고 미묘하고 반성적인 미국인보다 자유롭고 강한 인간성에 대해 알고 있다는 사실을 기뻐하는지도 몰랐다. 정말로 그랬는지도 모른다. 아일랜드 공화국 지지자들, 헝가리 매사냥꾼, 전쟁에서 패배한 독일인들.

"하지만 사실이지 않나요? 물론 자유를 진정으로 사랑하는 사람은 예외에요." 알렉스가 다시 말했다.

"그래요. 맞는 말이에요." 컬렌 부인이 의뭉스럽게 중얼거렸다.

하지만 그녀의 남편은 반대였다. "아닙니다, 알렉스! 참으로 역겨운 생각이군요! 자유에 대한 사랑은 인간의 가장 심오한 본능입니다. 이렇게 말하는 실례를 너그럽게 봐주시길."

나머지 세 명은 잠깐 동안 말없이, 유감스러운 듯 그의 말을 숙고했다. 알렉스는 무엇보다 자유를 원했고 만약 남들이 그렇지 않다면 그녀의 삶은 외로울 터였다. 어쨌든 젊은 그녀가 사람에 대한 혐오를 떨쳐 버리려면 컬렌보다는 나은 인간이 필요할 것이다. 나는 어떻게 생각해야 좋을지 모른다는 사실이 유감스러웠다. 얼마만큼의 자유가 진정한 인간의 동기인가, 얼마만큼이 낭비고 어리석다고 할 수 있는가? 그날 오후 처음으로 컬렌 부인은 슬프게 그리고 힘없이 남편을 쳐다보았다. 그녀가 남편의 말에 동의한다는 것이 확실하게 느껴졌다. 하지만 적어도 한 명의 인간이 자유를 필요로 하고, 그를 속박시켜야만 하는 사람이 그 사실을 유감스러워하는 상황은 존재하기 마련이다.

"빌어먹을, 매의 유일하게 인간적인 부분은 독립성이에요. 당신도 동의하지 않소, 매들린?"

컬렌 부인은 그에게서 살짝 등을 돌려 약간 불친절하게 나와 알렉스를 응시했다. 상관없는 질문이나 방해가 시작되었을 때 일부러 아무런 표정도 짓지 않고 찡그리지도 않는 똑똑한 설교자의 얼굴이었다. 내가 제대로 읽은 것이 맞다면, 거기에는 슬픔이 있었다. 내 자신도 자주 느낀 것이었다. 그녀는 사랑해 마지않는 주제이자 취미이자 상징인 매에 대해 우리가 마음대로 의미를 바꾸는 것을, 그녀만의 것을 망치는 것을 원하지 않았다. 그녀의 눈가와 입가에는 말을 너무 많이 하는 사람 특유의 희화화된 피로감을 말해 주는 주름이 있었다.

화기애애한 분위기가 눈에 띄게 시들해지고 약간 시큰둥하면서 어두운 분위기로 변했다. 너무 오래 같이 앉아 있었다는 뜻이었다. 그런데 컬렌 부부가 가기만을 손꼽아 기다리는 것 같던 알렉스의 태도가 갑자기 상냥하게 변했다. "매들린, 저녁 드시고 가실 거죠? 래리, 꼭 드시고 가세요. 맛있는 음식을 대접해 드릴게요." 알렉스가 너그러운 미소를 지으며 말했다.

그녀가 장과 에바에게 손님 접대에 대해 미리 말을 해 두었는지, 아니면 갑작스러운 통보에 장과 에바가 짜증을 낼지 오히려 신나 할지 의아했다. 컬렌 부인도 그 생각을 한 것이 분명했다. "하인들은 참 골치 아파요. 우리 집 하인들은 컬렌 홀에 손님이 오면 어찌나 미친 듯 짜증을 내던지."

가엾은 알렉스는 하인들의 짜증에 익숙했다. 하지만 그녀는 장과 에바가 갑작스러운 소식에 개의치 않는다고 설명했다. 알렉스가 그 부부를 만난 것은 모로코의 탕헤르에서였다. 장 부부는 산돼지 사냥 클럽 총무의 부탁으로, 야영지에서 몇 개 천막을 차지한 미혼 회원들을 위해 요리를 하게 되었다. 투박한 요리 도구와 쇠 주전자 몇 개, 야외 모닥불에 걸린 쇠꼬챙이밖에 없고 손님들이 시도 때도 없이 들이닥치는 상황이었는데도 두 사람은 어린이가 놀이하듯 쉽게 해치웠고, 오히려 실력을 발휘할 기회로 여기더라는 것이었다. 어느 날 오후 시내에서 프랑스 장군이 여덟 명의 인원을 이끌고 야영지를 방문했는데 생각 없는 누군가가 그 손님들더러 머물라고 권했다. 장은 그날 아침에 사냥감으로 들어온 산돼지를 얇게 포로 떠서 천막 사이에서 자라는 허브를 뜯어 문지르고 브랜디

네 병을 부어 재워 놓았던 터라 밤중에는 먹을 수 있는 상태가 되어 있었다. 알렉스는 자신의 일생을 그런 유형의 긴급 상황이라고 생각하는 경향이 있었다. 그래서 그녀는 자부심 넘치는 두 사람을 고용하고 여권을 마련해 주어 프랑스 샹샬레로 출발시켰다. 알렉스는 컬렌 부인에게 자신이 그들을 고용한 이유는 바로 이런 상황을 위해서라고 말했다.

"우리가 계속 머무르려면 내 새도 6시 정도에 뭘 좀 먹어야 해요." 컬렌 부인이 말했다. 알렉스는 장에게 저녁으로 하얀색 커런트 열매와 함께 구운 비둘기 요리를 준비하라고 할 참이었다. 그녀는 이웃에 거대한 비둘기장을 가진 사람이 있으니 루시를 위해 비둘기를 산 채로 가져올 수도 있다고 했다. 컬렌은 브랜디로 재운 산돼지를 떠올리게 하는 비둘기 커런트 열매 요리에 매혹된 듯했다. 그의 장밋빛 입술이 식도락가의 기대감으로 빛났다.

알렉스는 주방으로 갔다. 그녀가 돌아왔을 때의 편안한 분위기로 미루어 보아 장의 반응이 호의적이었음을 알 수 있었다. 그녀는 저녁 먹기 전까지 산책을 하자고 제안했고 컬렌은 굳이 식욕을 돋울 필요가 없는 데도 또다시 매료되었다. "이런, 새끼 비둘기 요리가 몹시 기대되는군요."

컬렌 부부는 공원이 알렉스의 사유지가 아님을 알고 실망스러워했다. 공원은 정부 소유고 일부는 그 한가운데 있는 샹샬레 대저택의 것이었다. 저명한 늙은 전직 수상 비두가 그 저택에 살도록 허락받았다. 하지만 그는 낮 동안 문을 열어 놓았고 마을 사람들 전체가 들락거렸다. 그는 매일 산책하는 동안 다양한 계급의 사람들과 마주치면서 자신이 평생 민주적인 정치인의 길을 걸어온 사실을 자랑스럽게 떠올리는지도 몰랐다. 마주치는 모두에게 인사를 건넸다. 특히 그는 알렉스와 마주치는 것을 좋아했는데 그녀가 미국인이고 자신이 전쟁 채무 지급을 옹호한 사실을 어렴풋이 기억하기 때문이었다.

"정치인들은 따분하지 않아요?" 컬렌이 이상하게 자랑스러운 웃음을 터뜨리며 말했다. "시인보다 끔찍해요."

"래리, 그만해요." 그의 아내가 성급하게 말했다. "그 얘기 제발 하지 말자고요." 나는 그 말이 무슨 뜻인지 궁금했다.

알렉스가 연못 저쪽에 있는 작은 문을 열었고 우리는 오래된 너도밤나무를 따라 걸었다. 그녀는 저 멀리서 비두가 보이면 뒤돌아 갈 것이라고 미리 경고했다. 비두는 알렉스를 자꾸 저녁 식사에 초대하려고 했는데, 비두 부인은 알렉스에게 남편의 건강이 좋지 않고 늙은 남자가 어리석은 짓을 할 수도 있으니 초대를 받아들이지 말라고 했다.

밖으로 나오니 모두 한결 기분이 좋아졌다. 공원은 아름다웠다. 프랑스 건축가이자 조경가 르노트르의 제자가 처음 심은 후로 관리가 잘 이루어진 덕분에 나무 한 그루 한 그루가 최고의 개성을 뽐냈다. 나무들이 형식에 얽매이지 않고 무리 지어서 혹은 일렬로 늘어서거나 저 멀리 홀로 서 있는 모습은 공원의 미학을 따르는 듯하면서도 나무들이 서로한테 품은 감정을 표현해 주는 듯했다. 독특한 애정, 복종, 자부심 혹은 고통 같은 것. 다 함께 모여 있을 때의 인간과 달리 나무들은 많은 것을 약속하거나 위협하지도 않았다. 사건도 변화도 없었다.

컬렌은 알렉스와 함께 앞서서 걸었다. 그는 탁 트인 밖으로 나온 후 소리 내어 웃을 뿐만 아니라 외치듯 큰 소리로 말해서, 알렉스한테 어느 늙은 영국 정치인이 젊은 유부녀에게 달라붙은 이야기를 하는 것이 틀렸다. 어느 날 그 정치인은 젊은 유부녀의 남편과 단둘이 수렵지 바깥에서 사냥을 하기 위해 황야 지대에 갔는데, 그만 실수로 그 남편을 쏘고 말았다는 것이다. 그다음에 그 여자와 결혼을 했다. 하지만 그는 얼마 남지 않은 생애 동안 계속 불안해했고 유언장에 여자를 넣지도 않았다. 나 역시 들어 본 적 있는 오래된 소문이었다. 당시에는 컬렌이 알렉스에게 그 이야기를 하는 것이 전혀 이상하게 느껴지지 않았다. 그런데 전혀 재미있지 않은 그 이야기를 그가 재미있어 하는 것은 이상했다. 악마적인 사랑이 취할 수 있는 가장 단순한 형태는 삼각관계고 지속될 수 없다면 편리한 형태이기도 하다는 생각이 들었다. 동정받아야 할 연인들은 증오할 대상이 없는 이들일 것이다. 죽이고 싶은 대상과 살인의 목적이 그 누구도 아닌 사랑하는 대상인 사람들 말이다. 그들에게 수렵지 바깥에서의 사냥은 상상 속에서나 일어나고 절대로 끝나지도 않는다.

어느새 우리는 갈림길에 이르렀다. 정말로 우리 쪽으로 걸어오는 늙은 비두의 짧은 실루엣이 보였다. 행진하는 듯 혹은 터덜터덜 걷는 독특한 걸음걸이와 커다란 망토로 덮인 어깨가 으쓱했다. 그는 평생 일반 사병처럼 부츠를 신었고 머리부터 발끝까지 검은색으로 둘렀다. 그러한 특징은 풍자만화가들에게 유용하게 사용되었고 선거에서도 일종의 트레이드마크로 자리 잡았지만 이제는 사람들이 그를 피하기 쉽도록 해 주었다. 컬렌 부인은 계속 가도 되겠느냐고 물으면서 유명한 늙은 정치인을 쳐다보았다.

알렉스와 나만 집을 향해 돌아섰다. 어린 나무들이 빽빽하게 늘어선 농장을 거치는 지름길로 갔다. 머리 위로 오래된 나무들에서 뻗어 나온 푸릇푸릇한 가지들이 우리 주변을 둘러쌌다. 마치 0.5킬로미터 떨어진 대저택을 가리키는, 가로누운 거대한 망원경 속으로 들어가는 기분이었다. 19세기에는 유명 건축가 비올레르뒤크와 그의 친구인『카르멘』의 저자가 개인적으로 감독한 덕분에 샹샬레 전체가 요란스럽게 보존되었다. 저 멀리 햇빛이 비치는 가운데 동그란 망원경 렌즈로 보는 샹샬레의 풍경은 믿기지 않을 정도로 멋졌다. 군데군데 꽃밭이 있고 오리 몇 마리가 물을 튀기며 사랑을 나누는 해자가 보였다.

나는 컬렌만큼이나 기분이 좋았다. 모든 것이 신비롭고 감상적이었다. 우리가 걷고 있는 길을 따라 나뭇가지가 만든 동그란 테두리, 저 멀리 보이는 분홍빛 햇살, 깔끔한 작은 건물, 역사뿐만 아니라 문학과의 연계, 빙 돌며 산책하는 정신이 맑지 못하고 성(性)을 밝히는 늙은 정치인, 그에게 걸어가 인사하는 우리의 이상한 손님들, 매를 든 여자와 탐욕스러운 남자, 노인이 아내를 쳐다보자 황금색으로 변하는 남편의 눈, 저녁 식사에 대해 말하는 것만으로도 군침을 흘리던 남자. 이 모든 것이 주변에 모여 있었다. 나는 매우 모호한 것을 단순하고 명확하게 하고 싶다는 헛된 생각을 품었다. 이보다 더 좋을 수가 있을까? 하지만 단순함을 기대하는 것은 언제나 어리석은 일이다. 커다란 추측을 작은 사실로, 거대한 욕망을 작은 연기로 대체한 뒤 단순화라고 부를 수밖에 없다.

우리끼리만 집으로 돌아온 덕분에 알렉스에게 컬렌 부부에 대해 물어볼 수 있었다. 컬렌 부부가 산돼지 사냥을 위해 탕헤르에 온 것은 2~3년 전이라고 했다. 매들린의 말 타는 실력은 최고였는데, 여자가 창을 들지 못하는 것이 클럽의 원칙이었다. 컬렌은 사냥에 열정도 재능도 없었지만 매일 참여해 나쁜 성적을 냈다. 저 멀리에서 극도로 불쾌하고 용맹한 짐승이 관목을 스치거나 하늘을 나는 새의 그림자처럼 갑자기 탁 트인 땅으로 달아나면서 모습을 드러내면 컬렌 부인은 선두 주자들과 함께 말을 타고 전속력으로 달렸고 남편은 열심히 따라갔다. 그는 금방이라도 말에서 떨어질 것 같았지만 떨어지지는 않았다. 마지막 순간에 창들이 말의 어깨를 따라 아래쪽을 가리키면 그녀는 갑자기 말을 멈추거나 옆으로 살짝 빠졌다. 그러면 그녀가 갑자기 사라진 자리에 그가 남게 되는 것이었다. 따라서 다른 사람들의 눈에는 남편에 대한 그녀의 야망이 그의 형편없는 승마술을 훌륭한 솜씨로 둔갑시켜 준 것처럼 보였다. 알렉스는 클럽 회원이 한 번인가 두 번인가, 컬렌이 사냥감을 죽일 때 도저히 믿기지 않는 대담함과 용맹함을 보여서 충격받았다고 하는 말을 들었다. 어느 날 아침 그의 말이 구멍에 빠지는 바람에 그는 산돼지 바로 옆에 놓이게 되었다. 이미 상처 입은 커다란 놈이었다. 그때 그는 분별력과 용기를 가지고 행동했다. 산돼지의 송곳니로부터 말을 멀리 둔 것이다. 약간 술에 취한 상태였는데도. 보통 때는 술에 취하면 문제를 일으켰었다.

어느 날 오후 컬렌 부인은 알렉스에게 속마음을 털어놓았다. "아일랜드나 런던에 있을 때는 할 일이 없으니 래리가 과식을 하고 술도 너무 많이 마셔요." 알렉스는 컬렌 부인의 고백이 매우 인상적이었던 듯, 글자 그대로 옮겼다. "그는 대부분의 일을 따분해해요. 그의 약점이죠. 하지만 다 큰 남자한테 술 좀 그만 마시라고 할 수도 없는 노릇이잖아요? 정말 진저리 나고 시답잖은 일이죠. 남자들은 긍지가 넘쳐서 자기 행동에 대해 생각해 봐야 한다는 것 자체를 억울하게 여기거든요. 제 숙모는 남편한테 술에 대해 한마디 했다가 상황이 더 나빠졌어요." 컬렌 부인은 조심스럽게 알렉스에게 이야기했다. 그래서 계속 어떤 일로 바쁘게 하고 좋은 영향을 줄 수 있는 사람들과 있게 하고, 가급적 해외와 야외에 있으면서 남편의 주의를 딴 데로 돌리려고 애쓴다고. 그렇게 사는 것은 사는 것이 아니라고 남편이 자주 불평하지만 덕분에 몸매와 차분함을 유지할 수 있게 되었다고 말이다.

알렉스가 언급한 바에 따르면 컬렌 부인은 남편보다 나이가 어리고 자기 재산도 있으며 영리하고 관습에 얽매이지 않으며 약간 제멋대로인 여성이지만 일 년 내내 매 순간 남편에게 헌신했다. 반면 컬렌은 아내에게 헌신하지만 완벽하게 충실한 것은 아니었다. 그들이 탕헤르에 있을 때 레베네라는 아름답고 젊은 미국인 여성 남작이 스페인 말라가에서 왔다. 그녀가 던진 추파에 컬렌도 반응을 했다. 탕헤르 현지인이 사냥 클럽 회원 모두를 저녁 식사에 초대했는데, 남자들이 식당에 있을 때 매들린이 레베네에게 매우 무례하게 굴었다. 하루 이틀 후 그녀는 그 일에 대해 사과했다. 매들린은 알렉스에게 남편의 넘치는 정력을 신경 써야 하는 일은 매우 굴욕적인 경험이라고 확인시켜 주었다. 그녀는 단 한 순간도 남편의 사랑을 의심해 본 적이 없었다. 다른 여자들에게 보이는 남편의 반응은 전부 거짓이거나 재미일 뿐이었다. 그녀는 또다시 그가 지루함을 잘 느낀다는 사실을 암시했다. 하루하루 새로운 일로 시간을 보내야만 하고, 그 직접적인 결과로 인한 다른 약점들도 있었다. 여자들과의 시시덕거림은 음식과 술처럼 그에게 새로운 생각거리를 주었다.

컬렌 부인은 남편과의 결혼 생활이 매우 단순하기는 하지만 다른 남자의 관심이 필요한 적은 없었다고도 알렉스에게 말했다. 그런 사실이 자기 성품에서도 확고하게 드러나기에 남자들이 자신을 지루해하고 그냥 내버려 두는 것 같다고. 하지만 알렉스는 괜찮은 남자가 그녀를 그냥 내버려 두기는커녕 홀딱 반한 것을 여러 번 보았다. 하지만 컬렌 부인이 자신에 대해 하는 이야기에는 거짓이나 꾸밈이 전혀 없는 듯했다. 많은 남자에게 떠받들여지고 단 한 명의 남자 때문에 괴로워하는 여자는 순진함을 풍기는 법이다.

알렉스는 다음 해 겨울 런던에서 컬렌 부부를 자주 보았는데 그들은 매우 기이한 활동에 참여하고 있었다. 아일랜드의 지하 반란 운동이었다. 컬렌은 완벽한 아일랜드인이었다. 그의 형제 한 명은 운동가 로저 케이스먼트의 친구였다. 매들린은 가톨릭교가 아니었고, 아일랜드 얼스터와 잉글랜드 혈통에 어릴 때는 캐나다에서 살았다. 하지만 그녀는 반역자였고 혹은 열정적으로 그 역할을 연기했으며 래리도 따랐다. 알렉스는 래리가 영국인에 대해 그리고 데 벌레라[3]에 대해 분노하며 말하는 것을 들었다. 하지만 그는 타인의 의견에 따르고 자신의 평판을 장식하는 것을 좋아했으니 진짜 생각이 무엇인지 어떻게 알겠는가? 그 자신도 알 수 없었을지 몰랐다.

그해 겨울 내내 컬렌 부부는 거의 매일 저녁을 집에서 보냈다. 그들의 집은 괴짜 애국자들의 집이 되었다. 언뜻 보기에는 문학 살롱처럼 보였다. 주모자는 시인 맥보이였다. 절반은

---

3   에이먼 데 벌레라(Eamon De Valera, 1882~1975): 미국 태생의 아일랜드 정치가. 영국의 간섭을 배제하는 새 헌법을 실시하였다.

탐욕스럽고 절반은 신앙심 독실한 얼굴을 가진 말발 좋은 젊은 남자였다. 알렉스는 폭탄 공격을 해 본 남자, 총에 맞아 얼굴 한쪽이 날아간 사람, 사별당한 잔인한 여자들, 이상한 성직자도 만났다. 그들의 정치적 견해는 모두 신앙심, 심지어 청교도주의로 물들어 있었다. 그들은 조국 아일랜드를 생각하면 먹거나 마시거나 어떤 식으로든 즐거움을 느끼는 일을 수치스러워했다. 컬렌은 내핍 생활에 굴복했다. 또한 그가 알렉스에게 말하길 그들 부부는 대의를 위한 기부금을 내느라 그해 겨울에는 호화스러운 생활을 할 수 없었다. 그때 알렉스는 그렇게 군살 없이 호리호리하고 젊어 보이는 컬렌을 처음 보았다. 유쾌하고 정감 가기까지 했다. 반란이 훌륭한 운동이자 다이어트 역할마저 한 것이었다. 성적인 불안도 있었다. 컬렌은 맥보이가 매들린을 사랑한다고 생각했다. 사실 알렉스가 보기에도 그랬다. 그러나 매들린이 그 시인에게 원한 것은 정치적 견해를 드러내고 제 본분을 다하는 것뿐이어서 컬렌을 기쁘게 했다. 그런데 래리가 한창 몰두하고 있을 때 폭동과 파괴 공작, 심지어 암살 같은 반란 행위가 갑자기 멈추었다. 알렉스는 그 이유에 대해서는 듣지 못했다. 컬렌 부부는 집을 세주고 여름을 빈과 부다페스트에서 보냈다. 컬렌 부인이 병으로 죽은 첫 번째 매를 산 여름이었다.

이것은 공원을 한가로이 걸어 집으로 돌아오면서 알렉스가 해 준 이야기였다. 집에 거의 도착해서 커다란 너도밤나무 아래 문에 이르렀다. 알렉스는 컬렌 부부가 길을 잃을까 봐 내내 걱정했다. 하지만 그들은 부서진 햇살과 흐릿한 그늘 속에서 열정적으로 뭔가를 토론하며 빠른 걸음으로 걸어왔고 우리를 보더니 멈추었다. "그 나이 지긋한 정치인은 정말 친절

해요." 컬렌 부인이 말했다. "우리한테 말을 걸고 어떻게 했는지 알아요? 루시를 위해 새 흉내를 냈어요. 루시에게 휘파람을 불었어요."

컬렌은 아일랜드 정치인보다 프랑스 정치인을 선호하는 것이 분명했다. "훌륭한 양반이에요! 나이팅게일하고 종달새하고 모르는 새를 흉내 냈어요. 뭐라고 알려 줬는데 프랑스어라 잊어버렸네. 꽤 훌륭하더군요."

"래리, 그분 정말 유쾌하고 정중하죠? 휘파람을 계속 불면 루시가 답할 거라고 생각했나 봐요. 재미있지 않았어요?"

나는 재미있기도 하고 감동적이라고 생각했다. 그 노인은 반세기 동안 동포들에게 그렇게 휘파람을 불었고 대부분의 사람들이 답했지만 프랑스에 이득이 된 것은 없었다.

이제 컬렌 부인은 루시에게 먹이를 줄 준비가 되었다. 하지만 동네 비둘기장에 간 그녀의 운전기사와 장이 아직 돌아오지 않았다. 바보 같은 에바는 그들이 도랑에 빠졌거나 말싸움을 하고 있거나 길을 잃었을 것이라고 확신했다. 그래서 우리는 다시 자리에 앉았다. 나는 바보처럼 그들에게 프랑스와 영국, 독일 정치에 대해 어떻게 생각하느냐고 물었다. 컬렌은 숨이 찼지만 멋지게 코를 콩콩거리고 헛기침을 하며 의견을 말하려고 준비했다. "제발, 래리. 정치 얘긴 하지 말아요." 그의 아내가 덜 무례하게 보이도록 내 쪽을 보고 미소 지으면서 말했다.

그녀는 매의 눈을 똑바로 응시한 채 천천히 자신의 고개를 흔들면서 루시를 쓰다듬어 주었다. 루시의 부리가 정확하게 복종하며 자석에 끌려가듯 그녀의 코끝으로 움직였다. "루시는 배고파요." 그녀가 근엄하게 말했다.

"가슴을 만져 봐요." 그녀는 내 손을 술 같은 깃털에 갖다 댔다. 약한 전기처럼 웅웅거리고 뻣뻣한 것이 느껴졌다. 루시의 눈은 촉촉하고 위험했다. 여주인이 시선을 거두자마자 루시의 눈은 장갑 아래로 향했다. 그 가죽에서 괴로움에 찬 깃털 같은 형체가 나타나기라도 할 것처럼.

"발을 만져 봐요." 컬렌 부인이 또 말했다. 그 말대로 했다. 그녀는 새가 다른 동물들보다 체온이 높다고 설명했다. 루시의 발은 체온이 높은데도 뱀처럼 번들거리고 건조했다. 그 안에서 욕망이 부풀어 올라 약하게 욱신거리며 시간을 보내는 것이 느껴졌다. 루시의 발에 직접 손을 대 보니 약간 당혹스러웠고 한 시간 전에 내려놓은 생각이 다시 떠올랐다. 매의 굶주림이 성욕과 같다는 생각 말이다. 지금이야 생각이라고 말하지만 당시에는 모호하게 스쳐 지나가는 공상에 불과했다. 생각들이 거창한 합성어처럼 하나로 합쳐졌다. 배고픈 노총각 새, 늙어 가는 배고픈 남자 새, 내가 얼마나 욕망을 싫어하고 쾌락을 필요로 하고 사랑을 좋아하고, 중년이 얼마나 힘든지!

하지만 판단력이 떨어지면 자신을 사랑해 주지 않을 사람을 사랑하게 된다는 사실을 떠올리며 애통해했다. 과거의 사랑이 해로웠다면 사랑이 손에 들어와도 지킬 수 없다. 그것을 잡은 손이 어긋나 있기 때문이다. 연민 또는 자기 연민에 손이 무뎌져서 아무런 표시도 남지 못한다. 수치심과 좌절감을 안고 원래의 자리로 날아간다. 둥지도 없고 옆에 아무도 없다. 원래 앉아 있던 바위 혹은 같은 주인의 팔로 돌아간다. 열정은 너무 사소해서 다정하지 않다. 그저 가만히 앉아 있으려 애쓰며 꾸벅꾸벅 졸고 문제를 피해 가는 꿈을 꾼다. 타인을 위해, 예의를 지키기 위해 입 밖으로 내면 안 되는 것이다. 간지러운 손바닥, 추한 혀, 앞이 보이지 않는 눈, 텅 비고 불편한 온몸, 욕망의 외침, 귀에 울려 퍼지는 통증. 다른 이에게는 절대로 들리지 않는 그 울림이 너무 지겨워서 빨리 늙어 버리기를 바라게 된다.

그래서 그 순간 나는 늙은 자신을 상상했다. 컬렌 부인은 수그러들지 않는 생기로 계속 말하였는데 전보다 약간 어두워져 있었다. "루시는 야생에서 잡힌 이후로 내 손에서만 먹이를 먹어요. 난 항상 같은 장갑을 끼죠. 루시한테 의미가 있는 거니까요!"

그 장갑은 수많은 작은 핏방울이 떨어져 뻣뻣해지고 변색된 기분 나쁜 물건이었다. 인류학 박물관의 전시 상자에나 들어 있을 법한 그 물건은 끔찍한 종교에 대한 숭배와 제물로 바쳐진 도구, 주술사의 복장을 떠올리게 했다. 초승달 모양 발톱이 달린 발이 장갑 위에서 열정적으로 움직이는데 손목이 어떻게 견디는지 의아할 정도였다.

"루시가 나라는 사람한테 집착하는 건 아니에요." 컬렌 부인이 말했다. "장갑을 다른 사람한테 주면 내가 아니라 그 사람이 루시의 주인이 되죠. 참 간단하죠. 행동주의라고 부르는 거죠? 한번 해 보실래요? 잠깐만 루시를 데리고 있어 보세요."

그녀는 돌아선 다음, 루시를 의자 등 부분 12~15센티미터 아래께에서 들었다. 루시는 잠시 망설이다가 깡충 뛰어 올라갔다. 내 손이 컬렌 부인의 손보다 작아서 장갑을 낄 수 있었다. 놀랍게도 그녀는 장갑을 벗은 손에 커다란 다이아몬드 반지를 하나 더 끼고 있었는데, 가죽의 압박 때문인지 손가락에 약간 멍이 들었다. 나는 의자 뒤쪽에서 손목을 12~15센티미터 위로 들었다. 먹잇감들의 피로 얼룩진 장갑과 높은 위치에 대한 믿음이 더해져 루시가 다시 뛰어올랐다.

"열등의식이라고 하죠?" 컬렌 씨가 자랑스럽게 말했다. 방금 전 아내가 사용한 또 다른 유행어에 뒤지지 않는다는 것을 자랑스러워하며. "매들린은 심리학에 대해서 하나도 몰라요."

"좋아요, 래리. 난 루시가 배고프다는 건 알아요." 그의 아내가 대답했다. 어조로 보아 배고픈 것은 오히려 그녀 같았다.

나는 심호흡을 했다. 약간 피비린내 같고 후추 냄새 같기도 한 매의 냄새가 풍겼다. 그날 이미 맡아 본 냄새였지만 컬렌 부인의 프랑스 향수와 구분되지 않았다. 뜨거운 발로 균형 잡은 매의 몸은 생각보다 가벼웠다. 루시의 발톱은 세련된 여성의 손톱이 원단에 그러하듯, 최소한의 움직임으로 가죽을 찌른 후 살짝 당겼음에도 최대한 느슨하고 아프지 않게 잡고 있었다. 전체적으로 움켜쥔 감각만이 꽉 조인 뜨거운 쇠 팔찌처럼 단단하게 느껴질 뿐이었다.

루시가 나를 편안해하는 것 같다고, 내가 매를 잘 부릴 것 같다고 알렉스가 칭찬했다. 그 말을 듣자 아버지가 떠올랐다. 동물들을 가지고 마술을 하는 아버지는 어린 나에게 질투이자 반감의 대상이었다. 아버지는 망아지를 무릎 꿇리거나 어린 산돼지를 거세하거나 덫에 걸린 절박한 올빼미에 클로로폼으로 마취를 할 수 있었다. 처량한 근육이 이완되면서 굴복하고, 아버지의 눈에 맞춰 눈을 부드럽게 깜빡였다. 아버지의 눈, 아니 어쩌면 손은 동물들에게 뭔가를 약속할 수 있는 것처럼 보였다. 생애 절반 동안 내 성품이 아버지와 반대되거나 모순을 이루지 않는다는 사실을 발견하면서 살아왔다고 여겼는데 이렇게 다시 아버지와 비슷한 점을 발견했다. 꼭 그래야만 하는 상황이라면 나도 말이나 돼지, 불운한 새를 잘 다룰 수 있을지 모른다. 삶에 대한 의지가 없고 아버지인 나에게 반감을 가진 아들이 생길 수도 있고. 감사하지만 전적으로 기분 좋은 생각은 아니었다. 어느 경우라도 하고 싶지 않은 매우 모호한 가능성을 가진 일들이었다.

나는 약간 원시(遠視)인데 루시가 너무 가까이 있어서 또렷하게 보이지 않았다. 또 나에게는 눈이 머는 것에 대한 두려움이 항상 자리했다. 루시가 날개를 한 번 잘못 펄럭이거나 한 번 나를 찌르기만 해도 순식간에 눈꺼풀이 찢어지거나 안구가 파열될 수 있었다. 빌린 장갑에 앉은 루시는 발을 그렇게 많이 움직이지 않았다. 하지만 모호하게 팽창한 까만 동공과 그 주변의 분명한 고리, 거품처럼 순식간에 열렸다 닫히는 속눈꺼풀은 단지 불안함 때문이라기보다는 매우 끔찍해 보였다. 나는 루시의 여주인에게 무섭다고 말하기가 부끄러웠다. 당연히 루시가 실제로 나를 해칠 가능성은 무시해도 될 정도였다. 컬렌 부인의 약간 얕보는 듯한 시선이 안심을 주었다. 하지만 죽음에 대한 생각이 나에게 몰려와 형상화되어 걸터앉아 있는 듯한 느낌이었다. 둥근끌 같은 얼굴에 지저분한 수술 메스 같은 발을 가진 피에 굶주린 짐승을 아끼는 사랑의 대상으로 생각했다니 내가 무엇에 씌었던 걸까? 어쩌면 상상의 죽음과 절망적인 욕망은 언제나 인간의 머릿속에 나란히 같이 누워 있어서 어리석지만 둘을 서로 착각하는지도 몰랐다.

한편 손목이 자유로워진 컬렌 부인은 엄청나게 안절부절 못했다. 멀쩡한 두 다리를 꼬았다가 풀었다가 하고, 푹신한 의자 이쪽에 기댔다가 저쪽에 기댔다가 하고 보석으로 치장한 손가락을 꽉 쥐었다 풀었다 했다. 그 모습은 루시에 대한 그녀의 집착을 설명해 주는 또 하나의 예였다. 매를 부리는 것이 그녀를 침착하게 앉아 있게 한다는 것. 어쩌면 내가 루시를 대신 드는 임무를 성공적으로 해내서 질투가 나는지도 몰랐다. "루시가 당신을 좋아하는 이유는……," 그녀가 중얼거리듯 말했다. "곧 식사 시간이기 때문이에요. 당신의 주머니에 스테이크 조각이나 비둘기 절반이 들어 있을지도 모른다고 생각하는 거죠. 가능성이 느껴지는 거예요. 그나저나 요리사는 어떻게 된 걸까요? 리케츠랑 같이 술 마시러 간 게 아니면 좋겠는데."

그녀는 자리에서 일어나 커다란 창문 쪽으로 걸어갔다. 그리고 다시 돌아와 내 옆에 멈춰 서서는 컬렌이 그런 것처럼, 하지만 정반대의 분위기로 루시에게 장난을 쳤다. 놀리는 손가락들에 끼워진 사파이어를 루시는 관심 있게 지켜보았다. 나에게는 눈구멍이 텅 빈 것처럼 보였다.

"알렉스, 당신은 매우 지적이죠. 난 당신이 나를 감상적이라고 생각할까 봐 겁나요. 사실은 그렇지 않아요. 나는 매가 나에게 집착하기를 바라지 않아요. 동물들이 그런 감정을 가지면 너무 끔찍하거든요. 내 목소리를 알고 체취를 좋아하고 쓰다듬어 주길 원하고 그런 것 말이에요. 난 그런 게 싫어요. 인간을 모방하는 것이고, 뭐랄까 인간의 경우보다 더 끔찍하거든요. 루시 같은 새는 단순 명료해요. 인간이 한 약속이 지켜지길 바랄 뿐이죠. 원하는 게 분명하고 그걸 이뤄 주는 사람이 누군지도 아니까요."

컬렌은 툴툴거리며 아내의 냉소적인 말이 진심과 거리가 멀다고 했다. 하지만 한 가지만은 그도 동의했다. "새들은 악마처럼 이기적이에요. 내가 새에 관심을 주지 않는 이유도 그

때문입니다. 차라리 개를 키우겠소."

"들었니, 루시? 차라리 개를 키우겠대." 컬렌 부인이 짓궂게 가식적으로 말했다. 어쩌면 남편이 싫어하리라고 생각해서인지도 몰랐다.

그러더니 그녀가 갑자기 나를 쳐다보았다. "이제 루시를 데려갈게요, 타워 씨. 곧 성질을 부릴 것 같아요."

우리는 다시 한 번 장갑을 교환했다. 어제의 식사 자국이 남아 있고 오늘과 내일의 식사에 대한 희망 또한 깃든 거친 가죽 장갑 위에 앉은 루시는 다시 한 번 생각에 잠기더니 민첩하게 뛰어올랐다. 여주인은 루시가 성질을 부리지 않도록 신중하게 쓰다듬어 주었지만 소용없었다.

루시가 또 한바탕 발작을 일으킨 후 컬렌 부인은 아까보다 훨씬 크게 한숨을 내쉬었다. 더 힘들어서가 아니라 자신이 한 가볍지만 중대한 말이 마침내 상처가 되어서인 듯했다. 그녀는, 매는 단순하지만 절대로 믿을 수는 없는 존재라고 덧붙였다. "루시가 절대로 잡거나 죽일 수 없는 것에 달려들지 못하도록 조심해야만 해요. 아무리 사소한 실패라도 루시를 절망하게 하거든요. 헝가리의 매사냥꾼 말로는 매가 먹이를 두 번 놓치면 그날은 그냥 포기하고 머리 씌우개를 해야 한대요. 그렇지 않으면 위험하다고. 세 번째로 놓치면 멀리 날아가서 다시는 돌아오지 않을 수도 있기 때문이죠. 모든 매가 똑같아요. 수년 동안 함께 사냥한 매도, 새끼 때 둥지에서 데려와 평생 키운 것도……."

"은혜도 모르는 것들이지." 컬렌이 조롱했다.

"아니에요, 래리. 루시는 자유를 포기하고 내 곁에 머물고 있어요. 먹을 것도 풍부하고 더 재미있는 삶이니까요. 하지만 그런 방식이 통하지 않는다면 무슨 소용이겠어요? 매 부리는 내 실력이 부족하다면……."

컬렌 씨가 낄낄거렸다. 나는 웃지 않았다. 세 번째 기회를 놓치는 것은 신의 실패라는 측면에서 종교적인 신앙심과 비슷했고 진정한 사랑이 끝나는 방식이기 때문이다. 나는 지금까지 두 번 놓쳤다는 것을 알았다. 갑자기 불가사의한 방향으로 흐르는 대화에 불편해하지는 않는지 알렉스를 힐끔 쳐다보았다. 하지만 그녀의 얼굴에는 가정 교육을 잘 받은 이의 수동성이 있어서 알 수가 없었다. 아일랜드 여인 컬렌 부인의 눈동자에 비친 빛은 환상적이었다. 마치 유리처럼, 그녀의 연약한 남편에게서 그리고 아주 잠시 동안 나에게로 옮겨졌다. 당혹스러운 애정 같은 느낌이었다. 그녀와 나는 서로를 이해했다.

내가 보기에 그녀는 매우 열정적인 여성이었지만 혼란스럽게 교차된 약간 다원적인 열정이었다. 일과 놀이, 미의식, 어머니와 부부, 염세적이고 혼합된 느낌. 어쩌면 아이 없는 여자들의 특징인지도 모른다. 여성은 여러 방면에서 훌륭한, 부차적인 특징과 재능을 보인다. 하지만 모성애 탓에 소모되어 그런 것들이 약해지거나 사라질 수 있다. 만약 두 가지 모두가 오히려 발전한다면 난장판이 되고 만다.

"타워 씨, 당신은 매를 잘 부리겠군요. 미국에서 한번 해 보지 그래요? 알렉스 당신도요. 누구에게나 취미나 애완동물은 필요하니까요. 다른 애완동물은 너무 끔찍하잖아요."

"아, 개는 정말 싫다니까!" 그녀가 넌더리 난다는 듯 느릿한 어조로 덧붙였다. "개 하면 뭐가 생각나게요? 매춘부가 생각나요. 모두의 비위를 맞추려 드는. 수세기 동안 모든 것과 모든 사람에게 맞추려고 크기도 모양도 다양하잖아요. 무결

성이 없어요. 그래서 사람들은 개를 좋아하죠. 아첨하며 비위를 맞추니까.

매들은 전혀 변하지 않았어요. 인간이 매를 부려 온 마흔 세기의 시간 동안. 생각해 봐요! 여전히 야성이 있죠. 깃털 하나까지 전부 다 똑같아요. 단언하건대 자연에 그런 건 또 없어요. 고양이는 개보다 개성 있지만 발정이 너무 심하죠. 새끼들도 몇 달마다 발정이 나니까. 끔찍하게!"

평소 예의 바른 알렉스조차 얼굴에 약간의 충격이 나타났다. 나도 놀랐다. 그때까지 나는 컬렌 부인을 자식 없는 여자라고 생각했기 때문이다. 컬렌 홀을 휘젓고 다니고, 그녀가 아끼는 사냥용 말을 타서 망쳐 놓고, 빌드 경과 함께 사냥을 한다는 아들들을 잊어버렸단 말인가? 그들을 위해 친절한 기도도 했었는데. 그들이 정말로 야성이기를 바랐다는 말이다. 컬렌 씨는 아들들이 장성한 것처럼 이야기했는데 어쩌면 그 자신이 그런 판단을 할 만큼 성숙하지 않아서인지도 몰랐다. 나는 아들들이 어머니를 그렇게 사랑하지 않기를 바랐다. 만약 아들들의 발달이 느리거나 민감하다면 그녀로서는 아일랜드를 떠나 있는 것이 좋고 현명한 일이었다.

이때쯤 루시가 날개를 들어 올렸고 분비물이 바닥으로 떨어졌다. 컬렌 부인은 쾌활하게 사과하더니 자랑스러워하며 흰색에 우리의 주의를 집중시켰다. 그것은 루시가 대단히 건강하다는 뜻이었다.

건강한 매의 똥은 자연에서 가장 깨끗한 쓰레기다. 알렉스와 나는 군이 상상의 나래를 펼치지 않고도 불쾌함을 느꼈다. 컬렌도 커다랗고 푹신한 의자에 앉은 채 커다란 몸을 기분 나쁜 듯 움직였다. 얼굴은 더욱 붉어지고 옅은 눈동자가 튀어나왔다. 하지만 그 튀어나온 눈동자는 루시의 배설물이 아닌 우리를 향했다. 그는 우리가 반감이나 혐오감을 보일까 봐 걱정되었는지도, 어쩌면 그러기를 바랐는지도 몰랐다. 알렉스가 종을 울려 에바를 불렀고 단순한 에바는 역시 개의치 않았다. 오히려 재미있어 했다. 그녀는 수건과 왁스를 가져와 무릎을 꿇고 능숙하게 나무 바닥을 매우 깨끗하게 치웠다.

그때 장이 땀을 뻘뻘 흘리며 매우 흡족한 표정으로 급하게 들어왔다. 그는 사랑하는 에바가 무릎을 꿇고 바닥을 치우는 모습을 보고는 기쁜 듯한 소리를 냈다. 지나가면서 그가 살짝 두드리자 그녀는 얼굴을 붉혔다. 장과 운전기사 리케츠는 다임러를 타고 가다가 비포장 시골길에서 타이어를 펑크 냈다. 하지만 저녁 식사는 그리 오래 지체되지 않을 것이라고 했다. 리케츠가 타이어를 교체하는 동안 장이 길가에 자리 잡고 앉아서 잭나이프로 비둘기를 손질했기 때문이었다.

컬렌 부인은 장에게 루시가 먹을 비둘기가 얼마나 큰지 물었다. 그가 에바를 시켜 바구니에 담긴, 아직 따뜻해 보이는 눈을 한 쭈글쭈글한 비둘기를 보냈다. 컬렌 부인은 목을 비틀고 반으로 잘라서 다시 가져오라고 했다. 깃털과 내장 절반도 같이. 그리고 나에게는 의자를 계단 아래쪽의 어스름한 구석으로 옮겨 달라고 부탁했다. 루시는 수줍음 많은 매가 아니지만 바깥이나 빛이 있는 곳에서는 제대로 먹지 않기 때문이었다. 이어서 컬렌 부인은 자신의 드레스를 보호할 여러 장의 수건을 부탁했고 에바가 낡은 테이블보 하나를 가져왔다. 알렉스가 그것을 턱받이처럼 부인 목에 묶어 무릎 위로 펼쳤다. 부인은 다리를 벌리고 앉았다. 더 이상 세련된 여성이 아닌 집시나 여사제처럼 보였다. 외과 수술 같은 고통스러운 일을 앞둔 사람 같기도 했다.

　장이 비둘기를 들고 돌아왔다. 왁스 칠한 바닥에 두세 방울의 피와 약간의 모래주머니가 떨어졌고 또다시 에바가 쾌활하게 걸레질을 했다. 컬렌 부인은 비둘기의 절반을 루시가 걸터앉은 쪽 손에 놓은 후 루시의 발치에서 장갑 낀 엄지와 검지로 꼬집더니 유혹하듯 돌렸다. 처음에 루시가 알렉스와 나를 무례하게 빤히 쳐다보아서 우리는 계단에서 몇 걸음 뒤로 물러섰다. 장과 에바는 계속 지켜보고 싶어 했지만 알렉스가 그들에게 모두 몹시 배가 고프다는 사실을 일러 주었다.

　나는 매의 배고픔에 대해 많은 이야기를 들었고 낭만적으로 생각하였기에 루시가 늑대나 고양이처럼 돌진해 낚아채리라고 기대했다. 하지만 전혀 그렇지 않았다. 루시의 식욕이 동하고 쌓이기까지는 2~3분이 걸렸다. 자연 상태에서는 당연히 날개를 가르는 육감적인 공기와 사냥감 위를 맴돌며 쫓고 약 올리는 즐거움이 식욕을 좌우한다. 하지만 부리로 먹이를 느껴 보기 전까지 루시는 먹을 것에 별다른 애정을 보이지 않았다. 루시의 작은 머릿속에 자연에서와 같은 먹이를 향한 즐거움이 생기려면 시간이 필요했다. 적어도 유감스러워할 시간이 소요될 터였다. 일종의 결혼 생활 같은 식사의 지루함은 어떻게든 극복되어야 했으므로 루시는 의심하고 숙고하고 상상했다.

　"하여간 긍지가 대단하다니까." 컬렌 부인은 이렇게 중얼거리더니 다시 루시가 알아듣지 못하는 어린애 수준의 프랑스어로 중얼댔다. "L'appétit vient en mangeant.(먹다 보면 식욕이 생기기 마련이다.)" 그 말을 들으니 일단 먹기로 결심하지 않으면 생기지 않고, 먹기 전까지는 이해할 수 없는 식욕이야말로 가장 고귀한 것이라는 생각이 들었다. 결혼 생활 같고 미학적이고 종교적인 것……

마침내 루시의 곱슬곱슬한 가슴이 실제로 욱신거렸다. 몇 가닥의 깃털이 곤두서고 날개가 몇 센티미터 튀어나오고 녹색 빛 도는 발톱이 장갑을 꽉 쥐었다. 그런 다음 몸 전체가 수맥 찾는 지팡이처럼 부리부터 아래로 향하기 시작했다. 루시는 여주인의 손목에 올린 두 발을 서로 약간 떨어뜨렸다. 그 상태에서 발 사이로 곧장 몸을 구부리고 부리로 비둘기 조각을 찔렀다. 컬렌 부인은 비둘기 고기를 꽉 들고 있었다. 루시는 두 다리를 단단히 받치고 고기 조각을 당겨서 똑바로 들어 올렸다. 그리고 잠시 후 물결 모양으로 움직여서 혹은 던져서 고기를 입속으로 옮기더니 삼켰다.

비둘기 고기가 더 이상 남지 않을 때까지 컬렌 부인은 루시가 먹는 데에만 집중하도록 계속 격려해 주어야만 했다. "루시가 깃털을 충분히 먹도록 하는 게 중요해요. 소화를 좌우하거든요."

루시가 먹는 일을 잠시 멈추고 그 이상한 얼굴을 들었을 때는 감각적이기보다 영적인 느낌을 받았다. 편협해 보였다. 과장된 분노도 으스댐도 없었다. 철저하게 천천히 끝까지 갔다. 깃털 하나하나, 고기 부스러기 하나하나, 씹는 핏방울 하나하나에 대해 명상을 하면서. 성찬식 같았다. 깃털의 일부나 작은 힘줄의 느낌이 마음에 들지 않았는지, 아니면 극도로 좋아서였는지 한두 번 머리를 힘차게 힘들었다. 그러자 컬렌 부인의 턱받이에 핏방울이 튀고 바닥으로 깃털이 떨어졌다. 비위가 약하면 보지 못할 풍경일 수도 있었지만 알렉스와 나에겐 그렇지 않았다. 하지만 네 번인가 다섯 번, 고기를 먹은 후에 루시의 기분이 나빠지는 순간이 있었다. 컬렌 부인은 우리에게 좀 더 뒤로 물러나라고 했고 우리는 기꺼이 그렇게 했다. 커다란 창문 앞에서 컬렌 옆에 앉았다.

이 상황에 대한 컬렌의 기분을 관찰하거나 추측해 보는 데에 흥미가 생겼다. 아내가 루시의 식사를 요청했을 때 그는 침울한 표정을 지었었다. 어쩌면 아내가 루시한테 먹이 주는 모습이 알렉스와 나에게 천박하거나 우스꽝스럽게 보일지도 모른다는 애정 어린 불안감 때문이었을지도 모른다. 그는 계속 눈을 돌리고 있었지만 확실히 혐오감 때문은 아니었다. 그 자신을 기다리는 저녁 식사를 떠오르게 하는 광경이기 때문이었다. 그는 음식에 대해 매우 큰 열정으로 자세히 이야기했다. 지난주 파리에서 누군가가 장 조레스 거리에서 스테이크를 사 주었고, 해마다 장사가 잘되지 않는 어느 작은 식당에 전화해서 준비에만 이틀이 걸리는 최고의 카술레[4] 요리를 부탁한다는 등의 이야기였다. 그런 이야기를 하다 보니 그는 마침내 현실로 돌아온 듯했다. 장이 맛있는 비둘기 카술레를 만들고 있는 현실 말이다. 그쯤 되어 알렉스는 컬렌이 몹시 싫어진 것 같았다.

컬렌 부인은 비둘기 반 마리를 다 먹어 치운 루시를 밖으로 데리고 나가기로 했다. 우리도 같이 정원으로 나갔고 그녀는 루시가 걸터앉을 만한 곳으로 녹슨 벤치의 뒷부분을 선택했다. 하지만 먹이를 먹으면서 루시가 평소보다 불안한 신호를 보였으므로 머리 씌우개를 해 두는 것이 최선이었다. 컬렌 부인은 스코틀랜드에서 지내다 온 터라 오후의 따뜻한 햇살에

---

4   흰 강낭콩과 여러 고기를 오랫동안 쪄서 만드는 프랑스 요리.

익숙하지 않아서 약간의 두통이 느껴진다며 아스피린을 먹고 잠깐 휴식을 취하기 위해 알렉스와 함께 방으로 들어갔다.

나는 컬렌 씨에게 칵테일을 제안했다. 그는 열성적으로 자리에서 일어났고 내가 성가대석이라 부르는 곳으로 따라왔다. 사실 그곳은 발코니였다. 그런데 알렉스의 집 인테리어를 맡은 사람은 그곳에 20세기풍의 바를 설치하면 안성맞춤이라고 생각했던 모양이다. 온통 크로뮴과 구리 소재고 유리잔과 특이한 병에 담긴 훌륭한 술들이 층층이 진열되어 있었다. 컬렌은 그런 바를 처음 보았다. 전쟁 이전에 만들어진 훌륭한 보드카가 있었다. 나는 진 대신 그것을 넣어 변형시킨 알렉산더[5]를 제안했다. 그는 집주인과 똑같은 이름의 술을 대접하다니 미국인들이 매우 멋지다고 했다. 나는 그 생각을 바로잡아 주려고 했지만 그가 이미 매료된 상태라 소용없었다. 칵테일도 그에게 잘 맞았다. 그는 한동안 아무 말 없이 음미했다.

여자들이 돌아오지 않았으므로 나는 곧바로 셰이커에 두 번째 칵테일을 넣었다. 알렉스의 은색 셰이커는 매우 컸다. 약간 무분별하고 다소 삐뚤어진 것이 어쩌면 내 자신의 특징과 닮아 있었다. 나는 술을 많이 마시는 사람과 함께 있는 것을 싫어하는 편이다. 사람을 꺼리게 하는 발작 같은 것이 생기기 때문이다. 혐오감에 가까운 동정심, 사람들이 때로 알아차리는 상스러운 유머 감각. 하지만 나는 심한 잔소리로 깐깐하게 구는 일의 부당함을 의식하고 있기에 술을 대접하는 입장이 될 때면 후해지는 경향이 있다.

사실 컬렌은 오후 내내 긴장한 듯 약간 딱딱했는데 나는

5   칵테일의 한 종류.

그것을 눈치채지 못했다. 하지만 술을 마시자 더 긴장하는 모습을 보고 그가 이미 한잔한 상태였다는 사실을 깨달았다. 그 부부가 샹샬레에 도착한 것이 오후 2시 30분경이므로 아마도 점심이나 아침 식사 때 술을 마셨으리라. 그의 아내가 초조해하고 분개하는 태도였고 엄마처럼 굴며 남편을 무시하면서도 흐트러지지 않도록 도와주려 한 것도 이해되었다. 지난 몇 시간 동안 이곳에서 아무것도 대접받지 못했기에 그는 무척 고통스러웠을 것이다. 내 쪽에서는 무심해서였고 알렉스 쪽에서는 어쩌면 신중함이나 반감 때문이었을 터다. 알렉스는 컬렌을 잘 아니 그가 술을 마셨다는 사실을 진즉 알아차렸으리라.

낮에 술을 잔뜩 마셨다는 사실이 잘 드러나지 않는 사람일수록 골칫거리다. 그런 사람은 타인에게 스스로 생각하는 것보다 훨씬 큰 문제를 안겨 준다. 그리고 타인, 나처럼 무뚝뚝한 사람들은 비틀거리고 소리 지르고 축제 기분을 내는 술꾼보다 조용한 술꾼에게 더 부당하게 구는 경우가 많다. 조용한 술꾼은 자신이 어떤 능력을 상실했거나 매력이 없다는 사실을 스스로 알아차리지 못한다. 어쩌면 알지도 모른다. 술을 마셨다는 사실을 타인이 모른다고 생각할 수도 있다. 하지만 타인이 안다고 해도 당사자에게 말하는 것은 예의가 아니다. 술꾼들이 영웅적인 시도를 하면 상대방은 재미가 있건 없건 존경심이나 박수갈채를 보내야만 한다.

하지만 가장 큰 부당함은 상대방을 제대로 알지도 못하는 상태에서 그들의 습관과 상관없이 판단해야 하는 일일 것이다. 그날 오후 나와 컬렌의 경우가 그러했다. 그는 단순히 평범한 사람처럼 보였다. 실제보다 나이가 많아 보이고 덩치에 비해 약하고 따분하고 자만심 강하고 약간 짜증 나는 사람이었다. 그것이 그의 가장 좋은 모습이 아니라고 경고해 준 사람은 아무도 없었다. 따라서 그 모습이 내가 아는 컬렌, 그의 본성이었으니 받아들이거나 말든가 해야 했고, 그냥 마는 쪽을 선택했다. 그래서 약간 당혹스러웠고 마지못한 후회를 느꼈다.

다른 때는 그가 성품이 훌륭하고 두뇌 회전도 빠르고 커다란 체구에서 활력을 뿜어내는 사람일지도 모른다는 생각을 해 보았다. 그러니 아내가 그렇게 그를 사랑하는 것이리라. 술에 취하지 않은 상태일 때는 사랑하는 남자를 술에 취했을 때만 싫어하는 것이다. 하지만 그는 그 차이를 알지 못하거나 알아도 어쩌지 못한다. 따라서 참견하고 싶은 유혹과 개선을 바라는 헛된 희망이 매우 클 터다. 나는 컬렌 부인의 이기적인 불안과 독설을 너그럽게 받아들이기로 했다. 하지만 내가 그날 오후에 본 컬렌이 최악의 모습일지라도 그녀는 분명히 남편으로 인한 곤경을 과장하는 것이 분명했다. 그는 따분하고 자만심 많고 불편하고 아이 같은 평범한 남자였다! 하지만 남편의 사소한 불안정에서 그녀는 혐오스럽거나 위험한 무언가가 나오기를 기대하는 것처럼 보였다. 마치 산사태가 시작되듯이 발밑에서 움직임이 느껴지고 지면 가까이에서 징그러운 것이 기어 올라오는 광경을 본 것처럼! 사랑 자체가 과장이고, 그것은 타인에게로 이어질 가능성이 높다.

두 번째 셰이커에서 첫 잔을 따른 후 컬렌은 갑자기 아내가 끊임없이 자신을 곤란하게 하는 데에 대한 긴 불평을 시작했다. 지중해 유람선 여행, 매, 아일랜드 공화국군 지지. 이렇다 할 집도 물질적 위안도 이 멋진 바처럼 알렉스와 내가 상샬레에서 보내는 즐거운 시간도 없다고. 야생의 남자들, 야생의 새들, 훌륭한 요리사 대신 새들이 어지른 것을 걸레질하는 멍청한 하녀 두 명뿐. 브랜디에 절인 산돼지 다리나 커런트 열매와 함께 구운 새끼 비둘기 요리는커녕 일 년 내내 호텔 음식을 먹었다.

갑자기 울분을 터뜨린 모습에 처음에는 나뿐만 아니라 그 자신도 당황했던 것 같다. 내가 영국인이거나 혹은 자신이 영국인이었다면 그런 이야기를 하지 않았을 것이라고 그가 설명했으니! 하지만 이런 측면에서 아일랜드인은 미국인과 비슷하다. 그는 젊을 때 미국에서 3~4년 동안 지냈기 때문에 그 유사점을 느끼고 있었다. "영국인들은 지금 우리의 대화처럼 자유로운 대화를 절대로 하지 않아요. 영국인은 교활하고 지배하려고만 들고 모든 것을 자기만의 방식대로 하려고 하죠. 영국이 파도를 다스린다는 식이죠. 타워, 내 아내는 영국인이에요……."

사소한 국적 차이가 그에게 런던에서 아일랜드 공화국 지지자들과 보낸 겨울을 떠오르게 했다. 그는 그런 유형의 아일랜드인을 싫어했을 뿐만 아니라 그들의 정치적 원칙도 수상쩍었다. "그들은 진정한 아일랜드 공화국 지지자들이 아니에요. 말뿐이지. 사실은 무정부주의자들입니다. 정말 끔찍했어요. 난 바보예요. 나는 아내를 위해 무엇이든지 할 텐데 아내는 자기 하고 싶은 대로만 하죠. 아내는 그 애국자들을 자꾸 집으로 불렀어요. 돈도 많이 들었습니다. 엄청나게 방대한 팸플릿을 만드는 비용을 대야 했고 두 명의 미망인을 먹여 살리고 모임이 있을 대강당도 빌려야 했습니다. 그런데 몇몇이 총하고 폭탄이 필요하다더군요. 하지만 아무 일도 일어나지 않았어요. 정말로 폭탄을 터뜨렸다면 영국인들을 제대로 혼내줄 수 있었을 텐데 말입니다. 아내의 친구들이 그냥 돈만 챙긴

것 같습니다. 아니면 싸구려 폭탄을 사는 바람에 터지지 않았
든가. 어쨌든 아무 일도 일어나지 않았습니다."

또한 컬렌은 그들이 신사가 아닌 우스꽝스럽고 하찮은 인
간들이었다고 불평했다. 그 남자들의 여자들도 실성한 것처
럼 보였다. 그런 남자들을 사랑하고 복도에서 대성통곡하고
이성을 잃고 서로 싸우다니. 일부는 주술을 믿었고 또 일부는
독실했는데 모두가 자나 깨나 아일랜드 타령이었다. 자존감
있는 남자라면 두 번 쳐다보지 않을 품격 없는 여자들, 부드러
움이나 다정함, 깔끔함이라고는 전혀 없는 여자들이었다. "솔
직히 한동안은 즐거웠습니다. 그런 계급의 사람들이 생활하
는 모습과 그들의 이야기를 듣는 것이요. 나는 언제든 그들의
입을 틀어막거나 전부 다 내던질 수도 있었죠. 알다시피 나에
겐 돈이 있었으니까요."

나는 인간에 대한 혐오가 느껴지기 시작했지만 여전히 그
의 독백은 흥미로웠다. 특히 상스러운 분위기가 있는 마지막
말이. 확실히 그는 대체적으로 덜 뒤섞인, 보통 계급 정도의
훌륭한 시골 귀족이었다. 하지만 귀족이라도 항상 좋은 본보
기가 될 수는 없다. 오히려 귀족은 저속함을 조금씩 숨기고 귀
족의 범절로 감춘 여러 가지 인간 본성을 한데 따로 모아 놓는
듯하다. 그렇게 모인 저속함과 바람직하지 못한 특징들은 한
두 세대마다 이상한 아들이나 딸이 태어나는 방식으로 스스
로 제거된다. 예의 없는 상점 주인이나 예정된 창녀로 말이다.

컬렌 씨는 조용히 2~3분간 사색에 잠겼다. 다시 입을 열
었을 때는 새로운 주제에 대해 대뜸 중간에서부터 이야기했
다. 속으로만 생각하던 것을 나에게 말했다고 착각한 모양이
었다. 아내에 대한 이야기였다. "타워, 당연히 나는 아내를 존

경합니다." 그리고 그는 확인의 뜻인지, 경고의 의미인지 그 사실을 의심하거나 아내를 모욕하는 사람은 가만두지 않을 것이라고 말했다. 실제로 그런 적도 한 번 있었다. 그가 생각하기에 아내는 백조 같았다. 눈처럼 희고 평생 해로운 생각을 해 본 적이 없었다. "하지만 아내는 배려가 없어요. 자신이 원하는 것밖에 생각하지 않습니다. 버릇이 없어요. 처음 만났을 때 그녀는 더블린에서 가장 예쁜 소녀였습니다. 무엇보다 가슴이 예뻤죠. 그리고 발목도. 그녀의 발목을 봤겠죠! 그녀의 집안은 형편이 좋지 못했어요. 나는 맨몸으로 온 그녀를 받아들였어요. 내가 그녀를 응석받이로 만든 겁니다."

귀족과는 아무런 관계가 없었다. 내 잘못이었다. 보드카와 크림 때문이었다. 술은 매우 훌륭한 평등 조절 장치다. 독한 술이 들어가면 제후의 진짜 후손일지라도 제후의 후손이 아닌 것처럼 이야기하고 백만장자는 가난하다고 느끼며 트리스탄은 뚜쟁이처럼 이졸데에 대해 이야기하리라고 나는 생각했다. 내 악의가 컬렌의 어리석음과 보조를 맞추기 시작했다.

"내가 아내를 버릇없게 만든 겁니다. 아내가 가만 있지 못하는 것도 그래서예요. 젠장, 타워, 벌써 수년 동안이나 아내 때문에 집시 생활을 하고 있습니다. 안 해 본 게 없어요." 그는 주근깨가 있는 크고 축축한 손을 들어 떨리는 손가락으로 자신들이 한 일을 헤아리기 시작했다. 연어 낚시, 사진, 산돼지 사냥, 이제는 매 부리는 것까지. 또 그는 안 가 본 곳이 없다며 애처로우면서도 자랑하는 듯한 어조로 여행지를 셌다. 노르웨이, 미국, 자바섬, 모로코, 아프리카. 아내의 고집으로 아일랜드 반란에 개입한 그해 겨울의 일은 말할 것도 없었다. 지구상에서 가장 비싼 일이었다.

"난 아내에게 내 돈을 마음대로 쓰게 했습니다." 그가 자랑스럽게 말했다. "예전만큼 예쁘지는 않지만 런던이나 파리에서 옷을 사게 하고 하녀도 두 명이나 있죠. 결혼하기 전에 나에게도 하인이 있었지만 내보냈습니다. 항상 이동하니까 운전기사 리케츠가 필요하죠. 하지만 리케츠를 감시해야 합니다. 예쁜 여자를 밝히거든요. 스코틀랜드에서 미국인들과 사냥을 하러 갔을 때 리케츠가 아내에게 무례하게 굴더군요. 난 그를 죽일 뻔했습니다. 아내는 내가 착각한 거라고 하더군요."

나는 그것이 술기운 때문이었으리라고 생각했다. 그가 해본 스포츠와 가 본 여행지를 헤아리고 있을 때 나는 쩨쩨하게도 술꾼의 잘못과 술의 위험을 손가락으로 세듯 확인하고 있었다. 신중하지 못함, 자랑, 잘난 척, 불안한 나머지 언제 정반대로 바뀔지 모르는 감상성, 성적인 분위기, 가학 성애적인 성향, 바람직하지 못한 욕망, 일어날 리 없는 살인. 이 모든 것이 약간 비현실적이고 실현 불가능하다……

내가 얼마나 과장을 하고 있는 건가! 사실 컬렌은 그렇게 최악은 아니었다. 나는 수많은 술고래들과 오후를 보낸 적이 있었다. 중요한 것은 당시 내가 컬렌의 이야기를 들으며 하나씩 과장을 했고, 그 역시 간파했는지 나에게 어울리는 상대역을 해 줬다는 사실이다. 나는 운명론자, 그는 연극배우였다. 나는 속으로 알렉스와 컬렌 부인이 빨리 올라오기를 바라면서도 한편으로는 그럴까 봐 걱정이었다. 아래층에 꼼꼼한 알렉스와 컬렌의 걱정 많은 아내가 있다는 사실 덕에, 되는 대로 마구 늘어놓는 그의 이야기가 보통 상황에서보다 훨씬 흥미진진하게 느껴졌다. 나는 오후 내내 지나치게 행복했는데 한편으로는 불행에 대해 생각하고 있었다. 매우 자극적인 조합이었다. 가끔씩 나는 여자처럼 타인의 성미나 기질에 민감하다. 그것은 거의 우연적으로 타인에게 유리하거나 불리하게 작용한다. 어쩌면 마주 앉아 나눈 대화가 끝날 무렵에는 나도 컬렌만큼 취해 있었는지도 모른다.

나는 알렉스가 공원에서 일부 들려준 런던에서 보낸 겨울의 불안이나 질투에 대한 이야기를 컬렌이 결국 들려주지 않을 것인지 의아해지기 시작했다. 그런데 그때 그가 이야기를 꺼냈다.

"런던에서 보낸 그 겨울에 애국자 한 명이 무례하게도 내 아내에게 반했습니다. 맥보이라는 짐승 같은 젊은 시인이었죠. 매우 불쾌한 상황이 됐어요. 난 많은 사람들을 쫓아 버리기로 결심했습니다. 내 걱정이 커질수록 아내는 점점 더 제멋대로 굴었죠. 난 그녀에게 불공평하게 굴고 싶지 않았어요. 진실을 알기 전에 난리를 피웠다간 절대로 진실을 알 수 없게 될 수도 있으니까요. 여자가 남자에게 발휘하는 힘은 정말 끔찍해요. 당신도 그런 부분을 알고 있겠죠?"

컬렌은 꽤 차분하게 말했지만 그러는 사이에 심호흡을 해야만 했다. 그는 칵테일 셰이커를 가져와 자신의 잔에 직접 따랐고 계속 그것을 꽉 잡고 있었다. 잔이 아니라 셰이커를 잡은 채로 한두 번 높은 의자에서 미끄러져 위아래로 허우적거리며 다시 앉아 술을 마시고 잔을 채웠다. 두 번째로 채운 셰이커를 그는 혼자서 다 비웠다. 그의 흰자가 점점 흐트러지고 녹갈색 동공의 색깔이 더욱 진해지고 유머 감각과 자의식은 차츰 희미해졌다. 강하지만 부은 손가락이 커다란 은색 셰이커에 고정되어 군데군데 차가운 김이 녹았다. 나는 그에게서 셰이커를 빼앗아 작은 크로뮴 싱크대에 쏟아 버릴까 생각했다. 취한 척하면서 그를 놀리고 괴롭히며 아래층까지 내려가는 거다. 물론 나는 아무것도 하지 않았다. 그저 그를 바라보며 이야기를 듣고 고개를 끄덕였다. 딱히 필요도 없는데 바텐더처럼 구리 재질로 된 바의 윗면을 계속 닦았다. 실제 바텐더들도 일하다가 지루함 사이에 당혹스러운 호기심을 느낄 것이다.

"언젠가는 끝을 내야 했죠. 맥보이를 비롯한 모두와. 어느 날 밤이었습니다. 어떤 일로 맥보이를 오해한 경찰이 그의 셋방에서 잠복하고 있어서 우리가 그를 하룻밤 재워 줘야 했어요. 그날 난 한숨도 잘 수가 없었습니다. 그가 어둠 속에서 살금살금 아내를 찾아가는 소리가 들리는 것 같았거든요. 다 상상이었지만. 난 상상력이 너무 지나쳤어요. 언제나 그렇듯 난 아내와 침실을 같이 썼고, 그에게 우리 침실까지 들어올 용기가 있을 리 없었죠.

그런데 아주 역겨운 꿈을 꿨습니다. 깨 보니 아내의 침대 옆에 서 있었어요. 달빛에 잠든 그녀의 얼굴이 보였어요. 하지만 난 잠이 오지 않았어요. 새벽 3시에 식기실에서 칼을 가져왔어요. 그걸로 맥보이와 싸우려고 했죠. 그런데 아내가 일어나서 나를 따라왔던 겁니다. 당연히 칼을 보고 공포에 질렸죠. 웃긴 건 나도 아내 때문에 놀랐다는 겁니다. 하얀 잠옷 차림으로 층계참에 서 있었으니. 아내의 말대로 칼을 건네고 침실로 돌아갔습니다. 놀랍게도 맥보이는 깨지 않았어요. 만약 맥보이가 깼다면 한바탕 소란이 일어났겠지요. 그런데 깨지 않고 잘 자더군요. 아니면 엿듣고 무서워서 침대 밑에 숨었는지도 모르죠.

그 일이 있은 후로 아내는 내가 그러는 이유를 깨닫고 안쓰러워했습니다. 평소 우는 법이 없는데 울더군요. 한편으로는 나도 아내가 안쓰러웠습니다. 생각해 봐요, 타워! 맥보이처럼 천한 젊은 남자가 내 집에 와 점잖은 유부녀 옆에서 말처럼 히이잉 대는 꼴이라니. 내가 그를 칼로 찔렀다면 그에게 책임이 있었을 겁니다. 그 후로 아내는 모든 반란군을 내보냈어요. 전부 다요."

컬렌 씨는 셰이커를 들어 희망차게 흔들었다. 희석된 크림에 섞인 얼음이 부딪히는 소리밖에 들리지 않았지만 나는 모른 척했다. 형편없는 손님 접대라도 어쩔 수 없었다. 터무니없이 뒤섞인 감정과 어떤 연민이 느껴졌다. 세상 모두가 사랑에 빠진 사람을 사랑한다. 나는 특히 그렇다. 소리 내어 웃으며 그를 놀려 주고 싶은 마음도 들었다. 도움을 주기 위해서가 아니라 복수심으로 그에게 '그'라는 사람에 대한 진실을 말해 주고 싶어서 못 견딜 지경이었다. 진실이 아무런 효력도 없는 상황이 있는데 그때가 그러했다. 나는 악의와 슬픔 섞인 감정을 느끼기 시작했다. 자신도 모르게 느껴지는 감정이었다.

취기는 한 사람의 인간성에, 그리고 그 사람의 취하지 않은 평소 모습에 특유함과 고유의 불투명함을 더한다. 단조로운 얼굴색, 목소리의 높이, 불안한 씰룩거림. 하지만 더 끔찍한 것은 투명성과 노출이다. 갑자기 작은 창문의 커튼이 올라가거나 인품의 구석진 한곳에 작은 구멍이 생기기 때문이다. 해부학 같은 가르침을 준다. 세상에 태어난 모든 사람이 가진 공통적인 영혼의 도관과 부비강과 방광을 보라! 취기의 속임수는 인간의 기본적인 특징일 뿐이다. 인간의 평범한 마음 상태는 이 병적인 아일랜드 남자의 주절거림과 절대로 완전히 다르지 않다. 나는 자신이 단순한 인간 형상의 점토에 불과하다는 사실에 거북스러운 당혹감을 느꼈다. 오직 예술만이 인간에게 그런 느낌을 줄 권리가 있다. 나는 인간관계에서 그런 기분을 느끼게 하는 사람이라면 누구라도 싫어진다.

"아, 타워, 비극입니다." 컬렌은 한숨을 쉬었다. "항상 뭔가가 있어요. 이젠 빌어먹을 리케츠를 주시해야 합니다." 그렇게 말하고 그는 한동안 나를 주시했다. 눈을 빛내기도 하고 부라리기도 했다. 때로는 오셀로처럼, 때로는 환관의 상상과 명함으로.

"타워, 사실은 매우 흥미롭습니다. 나와 아내는 말하자면 이상적인 부부예요. 진정한 사랑이지. 그녀는 다른 남자는 쳐다보지도 않을 겁니다. 나는 집안 내력대로 나이치고 그 누구보다 정력 넘치는 남자고 여자를 잘 알아요. 장미만 갖다 바친다고 되는 게 아닙니다. 절대 그렇지 않죠. 아내의 부당한 대우가 거듭되어서 그녀를 떠나야겠다고 생각한 적이 있었습니다. 적어도 그런 척하면 날 대하는 아내의 태도가 나아지지 않을까 하고. 눈짓과 손짓만으로 아내가 나에게 돌아오게 할 수 있었죠. 그녀는 자부심 넘치는 고개를 숙이고 두 손을 모으고 무릎을 꿇었어요. 하지만 난 절대로 그녀에게 모욕감을 주진 않았습니다. 맹세코 그러지 않았죠. 나에게 그녀는 결혼할 때와 똑같은 오만하고 무지한 여자, 더블린에서 가장 예쁜 여자예요.

아내 때문에 내가 가장 견딜 수 없는 일은 바로 이 매입니다. 저속한 남자만이 평화롭게 견딜 수 있는 것들이 있는데 매도 그중 하나죠. 매들은 자신을 통제하는 법을 배우지 못합니다. 욕구가 생길 때마다 그냥 배설을 하죠. 당신도 직접 봤죠. 놀랄 만도 합니다. 호텔에서 그럴 때마다 하녀들이 걸레질을 하는데 얼마나 수치스러운지 모릅니다. 농담을 던질까 봐 프런트 직원을 똑바로 보지도 못해요. 필요한 게 있을 때마다 매들린이 말하죠. 난 절대 프런트 직원에게 가까이 가지 않습니다. 여자들은 참 웃기지 않습니까? 남자들 같은 자연스러운 수치심이 없어요. 솔직히 교회에서 여자들의 위치를 정해 주는 것도 그래서죠. 어쩔 수가 없어요. 만약 여자들의 감정이 더 미세했다면 우리 남자들은 외면당할 거예요. 여자들은 남자들의 입맞춤을 받지 못할 겁니다. 그렇죠.

늙은 헝가리인 매사냥꾼도 인정했어요. 하지만 아내는 자기 방식을 억누를 수가 없어요. 여자의 본성이니까. 그녀는 나한테 가르쳐 줄 수 있는 것도 많지 않아요. 아내가 빨리 매를 치워 버리지 않으면 난 견디지 못할 거예요. 타워, 난 아내를 사랑합니다. 그게 문제예요. 아내를 한쪽 팔로 감싸고 싶어도 아내의 팔엔 매가 있는데 가능하겠어요? 안 돼요, 래리, 깃털이 부러져요, 중요한 날개깃이에요, 라고 하겠죠. 헝가리로 돌아가는 길에 날마다 나는 루시를 피해 뒷좌석 구석으로 밀려났어요. 정말 역겹습니다.

루시가 화장실을 좋아하지 않아서 계속 우리 침실에 뒀습니다. 아내가 안쓰러워해서요. 밤새 뜬눈으로 매 움직이는 소리를 들어야 합니다. 한시도 잊을 수가 없어요. 잠들려고 하면 그 지저분한 부리로 날 공격하러 오는 것 같아요. 그게 어떤 기분인지 상상도 못 할 겁니다. 꿈까지 꿔요. 가끔은 너무 가당찮은 꿈이어서 중간에 깹니다. 아내에게로 손을 뻗으면 아내는 잠들어 있고 알아차리지도 못해요. 건강에도 해로워요. 가끔은 죽는 꿈도 꿉니다. 골웨이의 대저택에 살 때 유령을 보는 나이 든 숙부가 있었어요. 내가 그런 기를 이어받았는데 루시가 그걸 불러일으키는 겁니다. 어릴 때 늙은 보모가 고리버들 바구니 짜는 법을 가르쳐 줬는데, 최근에는 루시가 바구니인 꿈을 꿨어요. 깃털이 끈적끈적해서 힘들었는데 어쨌든 바구니를 짜서 아내에게 줬습니다. 하지만 이젠 끝입니다! 더 이상은 싫어요!"

그리스인들은 처음 동방에서 술이 들어왔을 때 술을 신으로 정했다. 하지만 복수의 신이었다. 술을 마시면 술고래가 된다. 술고래가 생기는 이유는 모두의 탓이다. 술을 전혀 입에 대지 않는 남자나 여자라도 누군가가 술고래로 변하는 슬픈 과정을 도와준 적이 한 번쯤은 있다. 예컨대 컬렌이 젊었을 때 누군가 술 취한 그를 보고 좋아하거나 동경해서 그 후로 그는 술을 사랑과 동경의 비결로 여기게 되었을 터다. 술의 속임수를 터득한 남자들은 단 한 방울을 마시더라도 사람들의 동경을 얻는 데 이용한다. 나도 그런 남자를 한두 명 알았다. 그들도 다른 면에서는 훌륭한 남자들이었다.

하지만 평범한 남자라도, 아무리 형편없는 술 싸움이라도 처음의 허영과 마지막 구토 사이에 기분 좋은 순간이 있다. 그것은 동방에서 들어왔다는 기원의 표시고 그리스인들의 술에 대한 믿음의 증거다. 술에 취하면 갑자기 유독한 기운이 평소보다 많은 빛과 공기에 섞이는 듯하다. 그것은 올바른 혼합이다. 어리석은 자기의식이 말끔하게 정리되고 화가 풀린다. 친구가 술을 마시는데 자신은 마시지 않거나 조금만 마신다면 두 사람 사이에는 다툼의 저류가 흐르고 갑자기 평화가 깨진다. 삼각대 위의 신탁처럼 조용히 앉아 있던 그의 취한 정신이 단지 술뿐만 아니라 자기 자신, 자신의 본성과 피할 수 없는 운명, 유년기의 영향에 놓인다. 잿더미 속에 축축하게 짓눌려 있던 경멸스러운 비밀이 밖으로 나오기 시작한다. 평범한 남자라면 해로울 것이 없다. 하지만 살의가 있는 사람은 살인을 하고, 미친 사람은 헛소리를 지껄일 것이다. 대부분의 사람들에게 잿더미는 나쁘고, 잘못된 비밀과 경멸과 자기 경멸은 경멸스럽지만 재를 긁어 치우는 것은 좋은 일이다. 곤드레만드레 취한 순간에는 투박함과 느슨함 대신 어린아이나 늙은 여인의 직관이 생긴다.

물론 오래 지속되지는 않는다. 그런 직관이 생기면 곧 만취해 정신을 잃거나 신체가 무력해진다. 술을 너무 즐기면 평생 최악의 사람들과 함께하게 될 것이다. 하지만 술이 경험하고 지켜볼 가치가 있는 인간 본성의 요소라는 점은 확실하다. 컬렌은 그날 오후 알렉스의 고급 바에서 보드카와 크림만으로는 직관 상태에 도달하지 못했다. 하지만 그가 막 그러려고 하는 것 같았을 때 우리는 방해를 받았다. 나는 그를 좋아하지 않았기에 별로 개의치 않았다.

우리를 방해한 것은 알렉스였다. 그녀가 발코니 아래의 큰 방으로 와서 나를 불렀다. 알렉스는 나더러 주방의 장과 에바에게 가서 갑자기 결정된 저녁 식사 준비에 대해 격려해 주고 재촉하기를 원했다. 그녀는 주방에서 이상한 어조의 목소리가 들렸다면서 자신이 가면 장이 연설을 늘어놓고 에바는 울음을 터뜨릴까 봐 걱정된다고 했다.

알렉스의 주방은 크고 확실히 프랑스풍이었다. 움푹 들어간 벽돌 깊숙이 자리한 스토브, 어둑한 벽, 여기저기 보이는 구리 재질의 물건들, 탁 트인 출입구, 오후 햇살이 비스듬하게 비치고 바깥 경치가 내다보이는 창문들. 주방에 컬렌 부부의 운전기사가 하인들과 함께 있었는데 나에게는 그림 같으면서도 극적인 장면으로 보였다. 장은 지중해에서 흔히 볼 수 있는 전형적인 남자 하인이었다. 당연히 젊을 때는 미남이고 정력이 넘쳤지만 마흔 살인 지금은 머리가 벗어지고 칙칙한 턱살이 늘어지고 치아가 몇 개 빠졌다. 묵묵하게 지시에 따르지만 그래도 감정을 잘 드러내고 여전히 정력적인 남자였다. 그가 에바를 얻은 것은 모로코에서였다. 에바는 무어인 혈통이지만 스스로 이탈리아인이라고 말했다. 그녀는 장 나이의 절반이고 점점 살이 찌고, 가끔 병색이 엿보이거나 은회색으로 보일 정도로 피부가 창백하지만 사랑스러웠다. 리케츠는 밝게 빛나는 눈에 오똑한 코를 가진 멋진 런던내기였다. 그는 가운데 놓인 테이블에 버릇없는 청년처럼 앉아 있었다. 테이블 위에는 반쯤 비운 와인과 에바의 무어식 작은 케이크가 반절 남은 접시가 보였다.

저녁 식사가 한창 준비되고 있다는 사실을 냄새로 알 수 있었다. 잔디의 시큼한 냄새와 검은색 사탕 같은 관목 냄새 등 초여름의 향기도 함께 느껴졌다. 문이 개방되어 있었으나 새끼 비둘기 요리를 위해 전속력으로 가동되는 스토브와 딸기 타르트 냄새 때문에 안이 더운 까닭인지 남자들의 깔끔하지 않지만 건강한 체취가 풍겼다. 에바는 몸에 고무지우개처럼 치덕치덕 바르는 싸구려 북아프리카 향수를 가지고 있었는데, 아무래도 영국인 청년을 위해 과하게 사용한 듯했다. 주방의 분위기나 세 남녀가 한자리에 있는 도덕성 혹은 심리는 주방에 퍼진 향기만큼이나 혼란스러웠다. 에바는 서서 리케츠를 빤히 쳐다보았다. 커다란 눈이 약간 붉었다. 아마도 운 모양이었는데 그 순간에는 모호하게 미소 짓고 있었다. 리케츠는 시큼한 붉은 포도주를 한 번에 반잔씩 마셨고 그사이에 점점 빛나는 얼굴로 그녀를 올려다보았다. 장은 그들에게 등을 보인 채 스토브 앞에서 바쁜 척했다. 하지만 그는 냄비와 프라이팬을 휘저으며 어깨 너머로 휙 쳐다보면서 타르트와 치즈에 대한 내 질문에 흡족하지 않은 수준의 모호함과 확신으로 답했다.

그때 나는 우연히 밖을 쳐다보았다. 두 관목 사이의 작은 틈으로 녹슨 벤치에서 등을 구부리고 있는, 마치 꿈꾸는 듯한 매가 보여 반가웠다. 왼쪽에서 잔디밭을 가로지르는 컬렌의 모습이 보였다. 술 취한 사람이 눈에 띄지 않으려고 하는 것처럼 발끝으로 살금살금 매우 느리게 걸었다. 흡사 잔디밭이 연회장 바닥처럼 시끄럽고 미끄러운 것처럼. 나는 순간적으로 문제가 될 만한 비정상적인 행동임을 느꼈다. 하지만 무슨 일인지 알아보기 위해 당장 밖으로 뛰쳐나간다면 일단 나조차도 문제를 일으키는 셈이었다. 장과 에바와 리케츠가 따라오거나 적어도 지켜볼 것이다. 그래서 그대로 선 채 멍하니 카망베르 치즈와 얼린 돼지 뒷다리 고기에 대해 중얼거렸다.

컬렌은 루시의 횃대 근처의 관목 뒤로 잠깐 모습을 감추었다. 다시 모습을 드러냈을 때는 쭈그리고 앉아 있었다. 발바닥 앞쪽으로 땅을 디디며 한 손을 루시에게 점점 가까이 뻗으려 했다. 그 기이하고 은밀하게 접근하는 모습으로 보아 합리적인 계획도 진지한 의도도 없다는 사실을 알 수 있었다. 루시는 가죽끈에 묶여 있고 머리 씌우개를 하고 있어서 컬렌을 볼 수 없었다. 컬렌은 매우 긴장한 상태로 계속 한 팔을 뻗었지만 네발로 기는 자세라서 닿을 수가 없었다. 재미있다는 생각이 들기 시작했다. 하지만 알렉스와 컬렌 부인이 있는 침실 창문에서도 보일 수 있었다. 안된 일이었다.

그도 그 생각이 든 모양이었다. 재빨리 일어나 짐짓 멀쩡한 태도를 보이더니 내 쪽으로 등을 보인 채 벤치로 몸을 기울였다. 가죽끈의 매듭을 푸는 것인지도 몰랐다. 루시는 그의 등장에 놀라지 않았고 마치 자신을 들어 주기를 기대하는 듯 날개를 살짝 펼쳤다. 하지만 컬렌 씨는 뒤로 물러나더니 놀랍게도 한 손으로 주머니에서 주머니칼을 꺼내 열었다. 마침내 살생을 저지를 모양이었다. 더 이상 꼴 보기 싫은 루시를 죽이려는 것이다!

내가 말리러 밖으로 뛰어나가기도 전에 그는 루시를 벤치 뒤쪽으로 세게 밀치더니 동시에 움찔 놀라며 물러섰다. 그가 루시를 두려워한다는 게 확실했다. 루시는 분노의 펄럭거림과 함께 잔디밭으로 내려앉았다. 컬렌은 이미 가죽끈을 잘랐지만 아직 루시의 목을 긋지는 않았다. 또 루시의 머리 씌우개도 벗겼다. 루시는 잔디 위에서 잠깐 동안 혼란스러운 표정으로 재빨리 사방을 둘러보았다. 그러더니 두 다리로 높이 도약해서 날개를 두세 번 움직이고는 위로 올라갔다. 잔디밭 위로, 연못 너머로. 멋진 모습이었다. 왜 자신이 풀렸는지, 어떤 먹잇감이 있는지 여전히 사방을 살피는 모습이 마치 연이어 '거절'하듯 고개를 흔드는 것처럼 보였다.

루시는 나무 뒤를 지나며 내 시야에서 사라졌고, 주방 창문이 난 곳보다 높이 솟아오를 때도 보이지 않았다. 그리고 모가지와 날개와 꼬리, 다리를 모두 쭉 뻗은 채, 꼭짓점이 여섯 개인 크고 흐릿한 별이 무너지는 모양으로 다시 아래로 내려왔다. 루시는 잠깐 동안 또다시 허공에 체중을 싣고 정원 저쪽 모퉁이에 있는 장대에 내려앉았다. 두 개의 장대 중에서 아침 일찍 널어놓은 에바와 알렉스의 속옷이 걸린 장대였다. 내려앉는 자세가 매우 멋있었다. 뻣뻣한 발톱으로 마치 살아 있는 사냥감이라도 되듯 장대 위쪽을 움켜잡았다. 작은 천사가 키 큰 사람의 머리를 붙잡은 것처럼 보이기도 했다. 갑작스러운 자유가 매의 단순한 살육 본능의 측면에서 무엇을 의미하는지 여전히 의아해하면서 거기 앉아 있었다.

물론 컬렌도 연못 건너편에 있는 루시를 올려다보고 있었다. 이제는 멍청이처럼 손을 흔들며 작별 인사를 했다. 그리고 뒤돌아 관목 사이를 느긋하게 걸어갔다. 장과 에바와 리케츠는 결혼 혹은 간통 문제에 열중하느라 아무것도 보지 못했다. 다행스러운 일이었다. 그 사실 때문인지 나는 어린아이처럼 낙관적인 기분을 느꼈다. 컬렌이 거실에 자리 잡을 시간을 주기 위해 잠깐 동안 기다렸다. 그런 다음에 황급히 주방을 나가 알렉스의 침실 문을 두드리면서 컬렌 부인을 소리쳐 불렀다. 루시가 횟대에 없다고만 말했다. 그리고 컬렌이 도대체 무슨 생각을 하는지 알아보기 위해 서둘러 갔다. 그는 한쪽 다리를 큰 안락의자의 팔걸이에 올리고 용감하게도 숨을 헐떡거리면서 거실에 앉아 있었다. 비탄에 잠긴 것 같으면서도 의기양양해 보였고 방금 달성한 위업 때문인지 다행히 취하지 않고 멀쩡해 보였다.

"매를 묶어 둔 끈이 풀렸어요. 벤치에 없습니다. 부인을 불렀어요. 부인이 와서 확인하실 겁니다. 끈의 매듭이 묶이지 않았던 것 같습니다." 나는 그가 어떤 노선을 취해야 하는지 암시하기 위해 마지막 문장을 최대한 힘주어 말했다.

"머리 씌우개는 어떻게 된 거고요?" 컬렌 씨가 짜증 나는 목소리로 말했다. "가죽끈은 내가 잘랐습니다, 젠장."

내가 신음 소리를 냈는지 욕설을 했는지는 기억나지 않는다. 나는 그가 자백하기를 원하지 않았다. 그의 아내를 부르기 전에 그에게 먼저 말했어야 했는데 너무 늦어 버렸다. 컬렌 부인이 서둘러 침실에서 나왔다. 루시의 소식이 그녀를 머리부터 발끝까지 헝클어뜨린 것 같았다. 세련된 구두끈도 제대로 묶지 않고 발을 끌며 걸어왔다. 완벽한 드레스는 한쪽에 걸려, 혹은 매달려 있었다. 그녀는 피로 얼룩진 장갑을 손에 끼는 중이었고, 걸어오는 동안 나머지 손으로는 뺨까지 흘러내린 머리카락을 초조하게 쓸어 올렸다. 중간에 입을 다물지도 않고 연신 소리쳤다. "맙소사. 맙소사. 아, 난 정말 불행해요. 꼭 데려와야 해요. 루시를 잃으면 견딜 수 없어요."

컬렌은 아내를 보더니 의자에서 일어나 차렷 비슷한 자세로 섰다. 하지만 조금도 용감한 모습은 아니었다. 부인은 남편을 보았을 텐데도 전혀 아는 척하지 않았다. 누가 그랬는지 그녀가 사건의 진상을 알고 있다는 느낌이 들었다. 그녀는 앞일을 내다보는 능력을 가진 아일랜드인 노파처럼 촌스럽고 유행에 맞지 않고 겁에 질린 모습이었다. 격렬한 반응과 전전긍긍하는 움직임을 보이기는 했지만 내 눈에 그녀는 공포에 익숙한 듯했다.

"타워 씨, 아까 남은 비둘기 반 마리를 가져다주실 수 있나요?" 그녀가 애원하듯 말했다. "내가 루시에게 먹인 비둘기 고기요. 제발 멀리 날아가지 않았어야 할 텐데."

그때 그녀의 남편이 평소와 다름없이 끼어들었는데 평상시보다 끔찍했다. "매들린, 매들린. 남은 비둘기는 당연히 요리했겠지. 저녁 식사, 커런트 열매를 곁들인 비둘기 요리로 말이야."

그제야 그녀는 남편을 아는 척했다. 홱 돌아서서 무서운 목소리로 대답했다. "분명 요리하지 않았을 거예요." 한순간이지만 부인이 그를 칠 것이라는 생각이 들었다. 그도 그렇게 생각했는지 코를 찡그리고 두 손을 들어 올렸다.

나는 주방으로 걸어가기 시작했고 컬렌 부인이 따라오며 설명했다. "미끼가 없으면 절대로 루시를 잡을 수 없어요. 아까 비둘기가 너무 작아서 다행히 아직 배가 고플 거예요." 그녀는 다정하게 내 어깨를 토닥거리는가 싶더니 살짝 밀었다.

그런 다음 그녀는 창문 앞으로 다시 달려가 새된 소리로 작은 비명을 질렀다. 매 같은 소리였을지 모르지만 내 머릿속에 떠오른 것은 발키리[6], 아주 작은 발키리였다. 루시의 존재가 감탄스러웠고 컬렌 부부에 대한 연민도 느껴졌지만 나는 이 상황을 즐기고 있었다.

주방 문가에서 알렉스와 마주쳤다. 알렉스는 비둘기 반 마리를 들고 있었다. 컬렌 부인이 우리 쪽으로 소리쳤다. "내 가방이 어디 있지? 여분의 끈이 거기 들어 있는데. 루시의 끈이 끊어졌을 텐데."

알렉스는 나에게 비둘기 고기를 넘겨주고 가방을 찾으러 갔다. 내가 비둘기를 떨어뜨려 나무 바닥이 더러워졌다. 장과 에바가 옆에 있었지만 두 사람은 너무 들떠서 걸레질을 할 상황이 아니었다. 구두 한 짝을 잃어버린 컬렌 부인이 휘청거리면서 안락의자에 앉았다. 그녀의 남편은 무릎을 꿇고 신발을 신겨 주려 했다. 그는 그녀의 부드러운 발목을 나뭇가지처럼 단숨에 두 동강 낼 수 있을 듯한 주근깨 가득한 손가락으로 더듬거리며 신발을 신기려 했다. 하지만 그녀는 인내심을 잃고 남은 신발을 그의 어깨 너머로 차 벗어 던지고 스타킹만 신은

6 북유럽 신화에서 오딘을 섬기는 전쟁의 여신들.

발로 일어났다.

"다들 여기 있어요." 그녀가 명령했다. "제발 부탁인데 나 혼자 갈게요." 그녀는 잠깐 동안 문지방에 서서 연못 너머에 있는 부주의한 루시를 바라보았다. 그리고 키스를 날릴 때 하듯이 장갑 낀 손가락을 입으로 가져갔다. 그러더니 우리 쪽으로 몸을 홱 돌려서 목에 큰 혹이 있는 듯한 목소리로 강력하게 물었다. "루시의 머리 씌우개는 어디 간 거죠? 이렇게 사악할 수가! 누가 그런 거죠? 당신들 중 한 명, 너무 사악해!"

가엾은 에바는 자신들에게 책임이 떠넘겨지리라는 원초적인 직감에서 말했다. "부인, 부인, 장하고 저는 주방에서 나가지 않았어요." 그리고 에바는 울기 시작했다.

알렉스가 그만 울라고 하자 어느 정도 울음을 그쳤다. 나는 화난 컬렌 부인을 쳐다보면서 한쪽 눈으로 우리를 주시했다. 하루의 마지막 흐릿한 햇살이 비치는 가운데 집 안 판유리 옆에 한 줄로 서 있는 다양하고도 매력적인 사람들. 알렉스가 이상한 표정으로 나를 힐끗 보았던 것 같다. 아무래도 약간 복잡한 심경으로 상황을 지켜보는 내 표정이 이상해 보였던 모양이다. 알렉스는 어수선한 상황이 싫은 것이 분명했다. 자신의 집 안에서 일어난 이해하기 힘든 실수, 일반적인 자기 배반, 눈이 휘둥그레진 하인들. 다른 한편으로, 달아나 버린 커다란 새를 잡는 일은 그녀가 좋아하는 유형의 문제이기도 했다. 그녀의 순한 갈색 눈동자가 반짝였고 마치 행복한 어린아이처럼 숨 쉬었다. 리케츠는 살금살금 다가와 우리 뒤쪽에, 감히 에바 가까이에 섰다. 장이 에바에게 목소리를 낮춰 이탈리아어로 빠르게 말하기 시작했는데, 알렉스가 역시 조용히 시켰다. 에바는 수건 모서리로 눈을 눌러 닦았다. 수건의 또 다른 모서리에는 비둘기 피가 묻어 있었다. 컬렌의 얼굴에는 온 갖 것이 뒤섞인 감정이 나타났는데 무엇인지는 알 수 없었다.

컬렌 부인이 집 밖으로 나가 잔디밭을 가로질러 연못의 왼쪽을 따라 걸어갈 때, 나는 이 사건이 그녀의 겉모습과 태도를 바꿔 놓았음을 깨달았다. 스타킹만 신은 맨발로 나갔다는 점이 가장 큰 이유일 수도 있었다. 처음 다임러 자동차에서 내렸을 때는 자갈길에서 휘청거렸고, 바보처럼 왁스 칠한 마룻바닥을 왔다 갔다 하고, 연약하게 공원을 걷지 않았던가! 그녀가 신고 있던 팔 센티미터 굽이 달린 프랑스산 혹은 이탈리아산 신발은 그녀를 무력화했을 뿐 아니라 돋보이게 하고 또 위장했다. 이제 그녀의 가슴은 초조한 두 팔에 방해가 되지 않게끔 좀 더 아래로 내려온 듯 보였다. 엉덩이는 넓고 등은 강인하고, 견갑골에서 머리까지는 앵그르의 누드화에서 보이는 곡선이 드러나 있었다. 그녀는 두 다리를 넓게 벌리고 걸었는데 고양이처럼 절대로 발을 헛디딜 염려 없이 한 번에 한 발씩 내딛었다.

그녀는 갑자기 여분의 가죽끈은 가져왔으나 여분의 머리 씌우개를 깜빡한 사실이 떠오른 모양이었다. 그녀는 급하게 호숫가를 되돌아 녹슨 벤치로 가서 컬렌이 벗겨 떨어뜨렸던 머리 씌우개를 주워 들었다. 그리고 아까보다 느리게, 먹잇감을 향해 접근하는 고양이처럼 연못 오른쪽으로 걸어갔다. 그 후에 일어난 일은 불과 짧은 순간에 지나지 않았다. 우리는 그녀의 외침을 들었다. 어쩌면 사천 년 동안 이어진 매사냥의 역사 내내 거의 바뀌지 않았을 하이 하이, 하는 고적한 소리였다. 불변하는 매의 귀에 알맞은 영구적인 음향학을 토대로 만들어진 소리였다. 그 소리에 반응해 곧바로 루시의 머리가 흔

들렸다. 나는 루시가 아이크, 하고 답하기를 바랐지만 그런 일
은 없었다. 루시와 컬렌 부인은 멀리 떨어져 있어서 잘 보이지
않았다. 하지만 컬렌 부인이 한쪽 팔을 휙 움직여 산울타리 너
머로, 장대 아래쪽을 향해 비둘기 고기 조각을 던져 주는 모습
은 보였다. 긴장되는 분위기 속에서 우리는 잠시 후 루시가 마
치 거대하고 흐릿하고 시든 꽃이 줄기에서 떨어지듯이 단 한
번의 매끄러운 돌진으로 장대 아래로 내려가는 모습을 보았
다. 곧바로 컬렌 부인은 몸을 수그려 산울타리 옆에 숨었고 쪼
그려 앉은 자세로 산울타리 뒤쪽으로 스르르 미끄러졌다. 그
후 우리는 계속 기다려야만 했다. 그러다 부인이 빠르게 일어
나 우리 쪽으로 다시 걸어왔다. 머리 씌우개를 한 루시가 원래
있어야 할 자리인 손목에 있는 채로. 그녀는 매에게 머리 씌우
개를 하기 전에 이 작은 사고 혹은 죄조차 루시에게 교훈이 될
수 있도록 예정에 없던 비둘기 고기를 얼마 더 먹게 했을 터였
다. 어떻게 보면 이 일은 우리 모두에게도 일종의 교훈이었다.

집 안의 커다란 창문 앞에 선 우리는 모두 환한 미소를 지
으며 중얼거리거나 감탄사를 내뱉었다. 오로지 컬렌만이 죽
은 사람처럼 미동도 하지 않았다. 숨을 헐떡거리지도 않았다.
나는 그의 얼굴을 보기 위해 조금 떨어진 곳으로 갔는데 술고
래의 분홍색 낮빛에 격렬한 안도감과 유예 그리고 심지어 아
내 팔에 놓인 진저리 나는 새가 마치 자신을 괴롭히기 위해 돌
아오기를 바랐다는 듯 황홀감에 젖은 창백한 빛까지 더해져
있었다. 지겨웠다. 어쩌면 그는 정신이 멀쩡했는지도 모르지
만 고통스러운 감수성에 치우쳐 있었다. 한순간도 그를 믿는
것이 아니었다.

컬렌 부인은 연못 왼쪽을 따라 기다란 길을 걸어왔다. 오

후 내내 내리쬐던 태양이 환하게 저물고 있었다. 연못 수면에서도 빛줄기가 올라와 반짝거리며 부서지는 통에 그녀가 제대로 보이지 않았다. 어렴풋이 붓꽃이 보였고 그녀의 발목까지 올라온 뭔가가 있었으며, 우리와 그녀 사이에 이따금씩 라일락 가지가 걸려 있었다. 그녀의 얼굴은 차분하고 무심하게 보였다. 머리카락은 여전히 우스꽝스럽게 한쪽 뺨으로 흘러내렸고, 눈을 가린 머리칼을 가끔씩 입으로 훅 불었다. 그녀는 자랑스럽게 걸어왔지만 드레스가 헝클어지고 속치마가 드러난 데다 스타킹만 신은 맨발이라 오래 걸렸다. 자신감 넘치는 걸음걸이에서 이사도라 던컨이 떠올랐다.

즐겁게 구경하던 우리 다섯 사람은 잔디밭으로 나가 그녀를 맞이했다. "멋지지 않아요?" 그녀가 매우 기뻐하며 말했다. "루시는 완벽하게 길들여진 거예요. 내 말을 이해하는 거예요. 그렇지 않다면 절대로 잡을 수 없었을 거예요. 루시와 함께 사냥을 할 날도 머지않았어요. 래리, 여분의 가죽끈을 가져다줘요. 내가 벤치에 두고 왔어요." 그녀는 마지막 말에서 '내가'를 강조했다. 그녀 또한 남편이 자신의 짓이라고 인정하지 않기를 바라는 것이었다.

컬런은 온순하게 가죽끈을 가지러 갔다. 하인들은 주방으로 돌아갔다. 컬런 부인은 안으로 들어가 정리를 좀 하겠다고 허락을 구했고 같이 가서 도와주겠다는 알렉스의 제안을 거절했다. "이제 바람은 그만 쐬는 거야, 내 해거드 루시." 그녀가 가면서 중얼거리는 소리가 들렸다.

나는 해거드 루시가 스스로 잡히는 것을 바라지 않았다. 별로 편안하지 않은 길들여짐의 시간은 이 개월밖에 되지 않았고, 즐거운 일이라곤 하나도 없고 덫에 걸리면서 다친 발톱은 아직도 아프지 않은가. 그렇기에 루시가 잡힌 것 혹은 굴복한 일이 더욱 흥미진진하게 느껴졌다. 한편으로는 루시가 탈출하지 않기를 바랐다. 나는 루시가 홀로 노르망디 상공을 날며 스코틀랜드를 향해 혹은 본능적으로 선택한 여름 휴양지를 향해 가는 모습을 상상해 본 적이 없었다. 내 자신의 감수성 넘치는 상상력으로 미루어 매우 이상한 실수였다. 그러자 내가 컬렌이 부인으로부터 탈출하기를, 또 컬렌 부인이 남편으로부터 탈출하기를 바라지 않는다는 사실을 깨달았다. 어쩌면 나는 자유에 대한 신념이 없거나 자유가 인생의 단편적인 사건일 뿐이라고 여기는지도 모른다. 자유란 손에 넣었을 때 감당할 수 있어야 하고 이득을 얻어야만 하는 상황이라고, 일종의 필요악이라고 말이다. 사랑 자체가 위태로울 때, 자유에 대한 사랑은 대체로 속박에 대한 두려움일 따름이다.

이 시점에서 알렉스는 술이 도움이 되리라 생각하고 발코니로 갔다. 하지만 컬렌과 내 쪽을 한 번 보더니 돌아와서 앉았다. 컬렌은 안락의자에 털썩 주저앉아 멍한 표정을 지었다. 모든 기운을 소모하는 그 침착함 속에서 머리나 가슴에서 진행되던 극의 커튼이 내려갔다. 하지만 그것은 막간극에 불과할 수도 있었다. 늙어 가는 그의 커다란 체구는 불어난 난기류 같은 느낌이 있었다. 이중 턱이 약간 흔들렸고 충혈된 눈은 계속 반짝였다.

그때 알렉스의 방에서 종이 계속 울려 대는 소리가 들렸다. 초조해하며 무슨 일인지 알아보러 간 알렉스가 돌아와서 컬렌 부인이 저녁 식사 전에 곧바로 시내로 돌아가기로 결정했다는 사실을 알려 주었다. 파리에 사는 오라버니에게 전화를 걸었는데 파리에 일이 생겨서 와 달라고 했다는 것이었다.

전혀 믿기지 않는 이야기였다. 알렉스의 표정도 내 불신을 확인해 주었다. 하지만 컬렌은 전혀 놀라지 않았다. 아마도 커런트 열매를 곁들인 비둘기 요리 생각에 크게 한숨을 내쉬었지만 입 밖으로 꺼내지는 않았다.

알렉스는 음식이 많이 남게 되었다는 사실을 장과 에바에게 알리는 일을 나에게 맡겼다. 에바의 반응을 제대로 파악하기 어려웠는데 어쨌든 좋지는 않았다. 에바는 놀라서 입을 딱 벌리고 나를 쳐다보더니 자신의 침실로 가 버렸다. 반면 장은 거만하고 침착하게 반응하는 쪽을 택했다. 멍청한 청년이 운전하는 버스만큼 커다란 자가용을 타고 영국 상류층이 가엾은 아가씨를 방문할 때마다 안 좋은 일이 생긴다는 사실을 그는 경험으로 잘 알고 있었다. 게다가 장은 컬렌 부인의 매가 도망친 것이 애송이 리케츠와 관련 있다고 생각했다. 그 순간 바보 같은 리케츠는 구석의 바 쪽으로 향했다. 나는 장이 리케츠를 따라가는 것을 허락했다. 컬렌 부부의 계획이 변경되었다는 소식은 리케츠를 빨리 내보내고 싶은 장의 개인적인 바람을 충족시켜 준 것이 분명한 듯했다.

한편 불행한 손님들은 여기저기에 흩어진 소지품을 챙겼다. 망가진 가죽끈, 엉뚱한 곳에 둔 립스틱과 다이아몬드 단추가 달린 담배 케이스. 우리가 복도에서 다임러 자동차를 기다리고 있을 때 컬렌 부인이 조용하게 물었다. "알렉스, 혹시 새 운전기사가 필요한가요?"

공교롭게도 알렉스에게는 새 운전기사가 필요했다. "이런 우연이! 그럼 리케츠를 써요." 컬렌 부인이 조용히 말을 이었다. "부다페스트에 도착하면 그에게 해고 통보를 할 거예요. 그는 아일랜드를 싫어하고 프랑스어를 꽤 해요. 착하고 민

첩하고 정비 기술도 있어요." 그녀는 그가 준상류층 출신이라
는 것을 비롯해 리케츠와 관련한 또 다른 사항들도 추천했다.

내 옆의 컬렌은 큰 소리로 헛기침을 하면서 왔다 갔다 하
더니 마침내 평정심을 유지할 수 없는 상태가 되었다. "매들
린, 당신은 정말 대단하군. 하지만 우리에게 리케츠처럼 좋은
운전기사는 처음이잖소. 말도 안 돼!"

약간 당혹한 알렉스는 컬렌 부부한테 여름에 헝가리에서
운전기사를 구하기 어려울 수도 있으므로 성급하게 결정해서
는 안 된다고 말했다. 어쩌면 그녀는 다음에 일어날 상황을 알
아차렸는지도 모른다. 나는 그랬다.

"쉽게 구할 수 있을 거예요." 컬렌 부인이 말했다. "기사
없이 그냥 지내도 되고. 리케츠는 루시를 좋아하지 않아요. 속
으로 날 비웃죠. 난 늙은 바보가 아니에요. 그렇게 생각하는
사람을 옆에 둘 순 없어요." 그녀는 이 말을 매우 슬프고 기만
적인 태도로 말했는데 남편을 겨냥한 것이 분명했다.

나는 컬렌의 감정을 읽으려고 했지만 역시나 중요한 순간
에 그의 얼굴을 볼 수가 없었다. 알렉스와 나란히 서서 컬렌
부인을 마주 보았기 때문이었다. 귀에 들릴 정도로 약간 빠른
그의 숨결에서는 전쟁 전에 만들어진 보드카 냄새가 희미하
게 풍겼지만 문제가 될 만한 효과는 사라진 것이 틀림없었다.
모두 한동안 아무 말이 없었다.

컬렌 부인은 나와 알렉스의 눈을 모두 쳐다보았지만 눈
의 반짝거림은 사라져 있었다. 만약 화나 보이는 눈이었다면
좀 더 건강하고 이성적으로 보였겠지만 그저 텅 빈 것처럼 보
였다. 다시 머리 씌우개를 한 루시는 여주인의 턱 아래에서 가
죽 머리 씌우개에 달린 요란한 상투 장식을 가볍게 흔들었다.

그리고 정직하지 못한 아일랜드 여인의 얼굴에는 별다른 표정이 드러나 있지 않았다. 컬렌 부인의 침착함과 절제된 기지, 모호함은 모두 정신적 혹은 도덕적인 수공예 장식이라고 할 수 있었다. 그 안에 들어 있는 그녀의 정신은 루시의 것처럼 눈이 멀었으리라고 나는 생각했다. 매가 앞을 보지 못하도록 머리 씌우개를 하는 이유는, 매가 공포에 질리지 않도록 하기 위해서다. 나는 컬렌 부인의 웅장하고도 비열한 태도가 그러한 목적을 잘 수행하기를 바랐다. 하지만 그렇지 않은 것 같아서 걱정스러웠다.

얼마 후 플라타너스 나무 아래의 자갈길을 따라 다임러가 부르릉거리며 오는 소리가 들렸다. 그때 나는 이 기이한 부부의 이해하기 어려운 마음을 괴롭히는 뜨겁고 차갑고, 선하고 악한 혼합물을 느꼈다. 그것이 뼛속에서 욱신거리고 핏줄을 따라 흐르며 내 불안을 누그러뜨리는 듯했다.

상대방이 알아주지 않는 열정, 상황이나 실수 때문에 산산조각 나는 사랑, 사랑을 가장한 성욕은 모두 진정한 사랑이라는 먼 길, 특히 결혼에 비하자면 사소한 결과이자 자발적이고 일시적 불안에 불과했다. 결혼 생활에서는 모욕이 반복적으로 일어나고 고통을 견뎌야 할 뿐만 아니라 허용해야 한다. 그리고 사람을 기진맥진하게 하는 놀라운 양의 용서가 필요하다. 사랑에 만족이 주어지면 남은 삶의 큰 부분은 그 만족을 위한 지불에 불과하다. 계속되는 분할식 지불. 그것이 컬렌 부부의 사소한 풍경들이 보여 준 확실한 교훈이었다. 나 자신은 이미 일찌감치 직접 깨달은 바 있는 교훈이지만 내가 주의를 기울인 이유는 알렉스 때문이었다. 사랑의 가치를 깨닫기도 전에 사랑의 대가를 먼저 보아야만 하는 것은 애석한 일이기에.

다임러가 섰다. 컬렌과 나는 컬렌 부인과 루시가 차에 오르는 것을 도와주었고 리케츠가 모자를 한 손에 들고 문을 잡아 주었다. 나는 리케츠가 사실은 속으로 웃고 있다는 것을 깨달았다. 그것도 상스럽게. 하지만 여주인이나 그녀의 매를 비웃는 것은 아니었다. 그의 얇은 입술은 매우 붉었고 거친 속눈썹에는 그늘이 져 있었는데, 주방 문 뒤에서 이루어진 무어계 이탈리아 여인과의 키스 때문이라고 나는 상상했다. 런던내기들은 악질적인 족속들이니까, 어쩌면 장이 당혹감을 느꼈다는 사실만으로 기분이 좋아지는지도 몰랐다. 그의 시선이 내 뒤쪽으로, 그리고 아마도 창문을 보는 듯 위쪽으로 향했다. 그의 시선을 따라가 보았지만 지중해 출신 부부가 밖을 내다보는 모습은 어디에도 보이지 않았다.

컬렌 부부도 알렉스도 나도 작별 인사를 굳이 반복할 마음은 없었다. 컬렌의 눈에는 눈물이 맺혀 있었다. 알렉스와 나는 리케츠가 기다란 자동차를 파리에서 나온 차들이 달리는 도로 쪽으로 빼기도 전에 집으로 돌아가 문을 닫았다.

거실로 돌아와 앉아서 담배에 불을 붙였을 때 끔찍한 브레이크 소리가 들렸다. 공황 상태에서 몇 대의 차가 경적을 울려 대는 소리, 프랑스 남자가 욕설을 내뱉는 소리가 이어졌다. 잠시 후 차 한 대가 플라타너스 나무 아래로 들어왔다. 자리에서 일어나 그쪽으로 난 작은 창문을 내다보니 다임러 자동차였다.

알렉스와 나는 무슨 일인지 알아보기 위해 서둘러 복도를 지났다. 그곳에서 우리는 컬렌 부인의 목소리를 들었다. 매우 크게 외치는 소리였지만 무슨 말인지 알아들을 수 없었다. 부인이 문을 밀고 손잡이를 돌려 가며 소리쳤다. "알렉스, 알렉스!" 내가 문을 열자 그녀는 우리에게서 등을 보이는 채로 뒤로 물러나 손짓하며 소리쳤다. "아니, 리케츠, 그 자리에 그대로 있어. 래리, 제발요! 리케츠, 날 기다려. 맙소사, 바보 같은 사람! 바보 같은 사람!"

부인은 자갈길에서 휘청거렸다. 루시로서는 힘든 시간이었다. 그러다 부인이 우리 쪽으로 돌아와 알렉스의 팔을 붙잡고 안으로 들어가자는 행동을 취했다. "차 밖으로 나오지 말아요, 래리, 내가 처리할 테니까." 그녀가 어깨 너머로 소리쳤다.

"알렉스, 미안해요. 깜빡한 게 있어서. 바보 같으니." 그녀는 또 그렇게 말했다. 비통한 목소리로 거듭 언급한 그 '바보'가 리케츠를 뜻하지 않는다는 것을 알 수 있었다.

젊은 리케츠는 이제 웃고 있지 않았고 쾌락이나 경쟁의 기억을 떠올리며 입술을 탁 치지도 않았다. 그의 입술은 창백했다. 엄청난 공포에 질려 있었다. 다임러는 두 그루의 나무 사이에 이상한 각도로 세워져 있었다. 도로에서 유턴을 한 모양이었다. 저쪽 도랑 끄트머리에는 낡은 르노 자동차가 서 있었는데 간신히 서로 충돌을 피한 모양이었다. 르노 옆에 선 프랑스인 운전자는 주먹을 흔들면서 여전히 격렬한 반응을 보였다. 하지만 이상하게도 컬렌 부부나 리케츠는 그 프랑스인 쪽을 쳐다보지도 않았다. 두 자동차가 충돌을 피하기 전이나 후 혹은 동시에 뭔가 다른 일이 있었던 게 분명했다. 다임러 안에 탄 컬렌은 물어뜯기라도 하듯 커다란 손으로 입을 누르고 있고 안색이 매우 창백했다. 세상에서 가장 끔찍하게 창백한 색이라고 할 수 있는 익힌 송아지 고기 같은 색이었다. 도망친 루시를 잡는 작은 소동이 벌어지는 동안 나는 컬렌이 더 이상 술에 취하지 않았다고 생각했다. 하지만 이제는 그가 구토를 할까 봐 걱정스러웠다.

알렉스와 나는 컬렌 부인을 따라 집 안으로 들어갔다. 그녀 또한 감정 상태도, 겉모습도 아까보다 나빴다. 사랑스러운 머리카락의 일부분뿐만 아니라 모자까지 한쪽 귀에 걸려 있었다. 눈썹과 윗입술에는 구슬 같은 땀이 맺혔다. "알렉스. 용서해요." 그녀가 말했다. "너무 부끄럽군요." 그러고 나서 그녀는 우리를 지나쳐 거실로 들어갔다.

부끄러움이라, 하지만 부끄러움은 모든 상황이 암시하는 것과는 전혀 거리가 멀었다. 컬렌 부인은 다급하게 우리를 앞질러, 왁스 칠한 탁 트인 나무 바닥을 가로질러 정원 문 쪽으로 걸어갔다. 미끄러져 곤두박질치지 않도록 터무니없이 굽이 높은 구두를 신은 예쁜 두 발을 넓게 벌려 걸으면서 어깨 너머로 알렉스에게 말했다. "실례 좀 할게요. 잠깐 정원에 가봐야겠어요."

여전히 그녀의 손목에 걸터앉은 루시는 약간 힘들게 버티는 것처럼 보였다. 루시의 초록빛 도는 황금색 발도 넓게 벌려져 있고 균형을 잡기 위해 몸을 수그리거나 내렸다. 어깨에는 특유의 분노가 있었고 가슴 깃털을 초조하게 위아래로 움직였다. 컬렌 부인은 그것이 좋은 사냥매의 특징이라고 말해 주었었다. 매는 나무와 친한 새가 아니다. 자연에서라면 루시는 절대로 여성의 팔에 앉아 불안해하며 온갖 야단법석을 겪지 않았을 것이다. 곧바로 바위를 찾아 날아갈 터다. 터무니없는 상황이었다. 내 눈에는 루시가 쓴 앵무새 깃털 장식이 달린 머리 씌우개조차도 터무니없어 보였다. 그것은 졸라매는 끈이 달려 있다는 점을 제외하면 여주인이 아일랜드식 각도로 쓴 프랑스식 모자와 비슷했다. 어리둥절하고 불안한데도 나는 웃음을 터뜨리기 시작했다. 그날 오후의 한 주기가 완성되었다는 생각이 들어서였다. 내가 모든 것, 특히 루시에게서 읽으려고 했던 일련의 의미가 종결된 것이었다. 모든 것을 아우르는 상징적인 새, 철의 날개와 녹은 술 모양 에나멜 입힌 발이 있는 원시적인 이미지, 천사처럼 비현실적인 여자 살인자, 피를 좋아하는 고급스러운 닭. 이제 루시는 우스꽝스러워 보였다. 그 전에는 우스꽝스럽게 보인 적이 한 번도 없었다. 어쩌면 모든 애완동물과 가축은 아무리 고대적이고, 아무리 아름답고 기이해도 머지않아 코미디 같은 측면을 드러내는지도 모른다. 인간이 서서히 그들에게 전달하는 인간성에 대한 수치심의 일부분이다.

바로 그때 나는 컬렌 부인이 오른손에 들고 있는 것을 보았다. 루시의 날개 뒤로 그녀 가슴에 대고 있어서 잘 보이지 않았지만 커다란 리볼버 권총이었다. 나보다 먼저 발견한 것이 분명한 알렉스가 내 팔꿈치를 잡고 속삭였다. "물러서. 웃지 말고 저 여자를 따라가지도 마."

나는 총기류 감정가는 아니지만 그 총은 암울하고도 중대한 물건이었고, 희미하게 빛나는, 정상적으로 작동하는 새것이었다. "총을 뺏어야 할까?" 내가 알렉스에게 작은 목소리로 물었다.

"아니. 괜찮을 거야. 괜히 부인을 걱정시키지 마." 여자들은 아무리 나이가 어려도 문제의 정도를 추측하는 능력이 있었다. 평정심을 지닌 전문 간호사처럼. 그리고 상대에게 애정이 있건 없건 여자들은 쌍둥이처럼 서로를 잘 간파한다.

아니, 그 이상이었다. 나는 당시를 되돌아보며 컬렌 부인의 흥분한 모습이 알렉스에게 어떻게 보였을지 궁금해한 적이 있었다. 알렉스는 우리를 앞질러 정원으로 나간 헝클어진 모습의 여자가 자살하지 않으리라는 사실을 어떻게 알았을까? 알렉스의 성품이나 당시 생활 방식에 특정한 수동성이 있었다는 사실이 떠올랐다. 자신이 컬렌 부부에 대해 이해하지 못하는 것이 무엇이건 상상 이상으로 심각할 수도 있다고 알렉스는 느낀 것이었다. 누군가가 더 이상 사는 것을 견디기 어렵다고 말한다면 알렉스는 있는 그대로 믿을 터였다. 만약 아일랜드 여인의 삶이 그러한 지점, 자살의 지점에 도달했다고 해도 알렉스는 간섭하거나 막을 정도로 신경 쓰지는 않았을 것이다.

컬렌 부인이 테라스 밖에서 멈추었다. 그녀는 총열 부분으로 잡은 총을 어깨 위로 올려 관목 너머로 높이 던졌다. 잔디밭을 지나쳐 연못에 빠지도록.

이 중대한 행위는 루시에게 참을 수 없는 것이었다. 루시는 부인의 손목에서 빠져나가 또다시 발작을 일으키면서 대롱대롱 매달려 있었다. 하지만 이번에는 분노나 불가사의한 두려움이나 균형의 상실 때문이 아니었다. 자살이나 살해 도구를 없애려고 할 때 상징이건 아니건, 무겁고 불가사의한 새가 나에게 묶인 채로 내 손목을 잡아당기고 얼굴에 대고 날개를 퍼덕거린다면 몹시 싫으리라는 생각이 들었다. 하지만 훌륭한 운동선수인 컬렌 부인은 개의치 않았다. 어쩌면 그녀 자신의 히스테리 탓일 수도 있었다. 이 모든 사건에 담긴 진정한 의미가 그녀의 가슴을 잡아당기고 머리를 때렸으리라. 그녀는 꼼짝도 하지 않은 채로 루시가 난리를 피우는 왼쪽 팔을 머리 위로 들었다. 루시가 지쳐서 자제력을 되찾고 길들여진 상태로 되돌아갈 때까지.

나와 알렉스는 해 질 무렵의 태양이 내리쬐는 창문을 통해 그녀의 뒷모습을 바라보았다. 오래된 공원과 관목, 총이 가라앉으며 일으킨 잔물결이 이는 잿빛 연못을 배경으로 보는 컬렌 부인의 모습은 아름다웠다. 어머니 같은 상체와 헐떡이는 가슴, 동그란 목, 약간 덩치가 큰 그녀의 몸은 머리부터 발끝까지 경이로운 강인함으로 충만했다. 터무니없이 굽이 높은 구두와 거친 장갑을 낀 주먹이 정확한 일직선을 이루었다. 맨 꼭대기에는 이제 진정한 매의 날개가 있었다. 약간 우스꽝스럽기도 했지만 헝클어지고 전성기가 지난 모습이라는 사실이, 뒤돌아서 천천히 안으로 걸어오는 그녀를 더욱 멋져 보이게 했다.

그녀는 눈가에 눈물이 맺혀 있었지만 빙그레 웃었다. 웃는 척하는 것인지 웃으려 애쓰는 것인지. "알렉스, 광기 어린 행동을 하는 손님이 있었나요? 제발, 무슨 일인지 묻지 말아 줘요." 그녀가 거친 목소리로 말했다.

그러고 나서 평소의 약간 생기 없고 평범하지만 뻔뻔한 말투로 무슨 일인지 말해 주는 것이었다. "이게 우리가 아일랜드에서 살 수 없는 이유랍니다. 아들들에게 나쁜 본보기가 되니까요."

내가 그 자리에 있었지만 그녀는 부끄러워하지 않았다. 잠시 우쭐한 기분이 들었지만 다시 생각해 보니 정반대의 의미가 함축된 것 같았다. 그날 오후 그녀는 알렉스와 내가 연인 관계가 아니라는 사실을 일찌감치 알아차렸을 테고, 따라서 그녀라는 사람의 인생관에서 나는 전혀 중요하지 않은 존재, 정원 외의 존재였던 것이다. 그런 내가 그녀의 비밀에 어떤 해를 끼칠 수 있겠는가? 여자들은 참 상상력이 풍부하다.

그녀는 자신의 왼쪽 팔과 루시를 방해가 되지 않게끔 잡은 채로 오른쪽 팔을 알렉스에게 두르고 입맞춤을 했다. "친애하는 친구, 알렉스, 당신은 참 똑똑해요. 때가 되면 좋은 사람과 결혼할 거예요. 우리를 인내심으로 대해 줘서 정말 고마워요." 알렉스는 같은 여성이 애정을 표현할 때면 늘 그렇듯 살짝 움츠렸지만 이상한 칭찬에 기분이 좋아진 듯했다.

"래리가 몇 주 전부터 날 떠나겠다고 협박했어요. 언젠가 정말로 떠날까 봐 난 너무 두려워요. 그 사람이 왜 이렇게 된 건지 모르겠어요. 늙은 바보라니까."

나는 한숨을 쉬었다. 가엾은 래리, 전혀 중요하지 않은 가엾은 나! 여자들은 남자를 존중하지 않는다. 루시를 생각하니 약간 화가 났다. 덫에 걸려서 바람과 바위를 떠난 후 가축화되기보다는 비정상적으로 삐뚤어졌고, 눈이 가려진 채로 아이처럼 있어야 하고 부조리한 인간과 보드카, 자동차, 총, 키스에 휘둘려야 하는 가엾은 루시! 컬렌 부인에게 루시는 삶의 심오한 문제들이 의인화된 대상이었다. 컬렌 부인은 확실히 루시에게 삶의 많은 부분을 헌신했다. 그러나 화려한 매의 위치나 여주인이 루시를 다루는 방식은 손수건이나 방한용 토시나 모자와 다를 바 없었다. 컬렌 부인은 방금 고속 도로로 진입한 다임러 안에서 있었던 일을 이야기하느라 루시에 대해서는 잊어버리고 오른손뿐만 아니라 왼손도 약간 이용해 손짓을 했다. 루시는 몸을 안정시키기 위해 필사적으로 공기를 받아들여야만 했다. 그래서 온몸의 깃털이 두껍고 못생기고 보기 싫게 변했다. 그 순간 내가 이 새를 신호로 삼아 바라본 중요한 문제들이 품위 없는 겉모습과 사소한 신경 쇠약의 일화로 추락했다는 사실이 떠올라 쓸쓸한 즐거움이 느껴졌다. 존경하고 지지를 보내 주지만 자꾸 옆에서 시끄럽게 소동을 일으키는 사람들 때문에 예술 작품에 전념하지 못하는, 터무니없는 상황에 처한 예술가가 떠오르기도 했다.

"하지만 래리가 누구를 쏘려고 했는지 모르겠어요." 컬렌 부인이 말했다. "아내인지 운전기사인지 길들여진 매인지. 언젠가 그가 정말로 실행에 옮기기 전까지는 알 수 없겠지요. 당신이 문을 닫는 순간 래리는 한껏 높은 목소리로 루시와 리케츠에 대해 말하기 시작했죠. 리케츠는 기분이 상했고 앞에서 우리 쪽으로 차가 오고 있었어요. 정말 부딪히는 줄 알았다니까요. 리케츠에게 차를 돌리지 말고 도로가에 세우라고 했어요. 모퉁이에서 빠른 속도로 두 대의 차가 달려오고 있었거든요. 그래서 르노 운전자인 프랑스 남자가 잔뜩 화난 거예요. 그 중간에 래리는 총으로 우릴 위협하기 시작했죠. 자동차의 사이드 포켓에 들어 있었어요. 그 프랑스인 남자도 총을 봤을 거예요. 경찰을 부르지 않은 게 다행이죠."

그녀의 표정이 쾌활함에 가까워지기 시작했다. 공포가 입증되지도 않고 타인이 봐주리라는 구실도 없는 채로 최악의 상황을 예상하면서 한동안 홀로 흥분해 있으면, 문제적 상황조차 오히려 약간의 안도감으로 다가올 것이다. 적어도 문제가 자신의 병적인 상상에 불과하지 않다는 것을 알 수 있기 때문이다.

"나에 대한 얘길 하나 할게요." 그녀는 매우 모호한 미소를 지었다. "난 사격 실력이 뛰어나요. 리케츠가 바보처럼 운전하는 동안 래리에게 총을 빼앗으려고 하면서 그가 방아쇠를 당기면 총알이 어디로 날아갈지 계속 계산했죠. 총알의 궤도 같은 거요. 난 타고난 운동선수인가 봐요. 얼마나 유치하던지! 마지막 순간에는 상황을 진지하게 받아들일 수도 없었어요. 오래전 케냐에서 내가 사자를 잘 다룰 수 있었던 것도 그래서인 것 같아요."

그녀는 얼굴을 찡그리더니 한숨을 쉬었다. 마치 자신의 차가움 혹은 가벼움이 부끄러운 듯이. "이제 리케츠는 래리에 대한 인내심이 바닥났죠. 그를 해고할 수밖에 없겠어요. 애석한 일이에요! 내가 차에서 내린 후 래리가 조용하지 않았다면 리케츠가 때려서 기절시켰을 거예요. 전에도 한 번 그런 적이 있죠. 내가 할 수 있는 건 아무것도 없어요. 래리는 황소처럼 힘이 세니. 하지만 기다렸다가 무슨 일이 일어났는지 봤다면 난 미쳐서 리케츠를 죽였을 거예요. 리케츠는 너무도 영국식이에요. 주먹을 꽉 쥐는 순간 의기양양한 표정을 짓죠. 가정교사처럼. 이제 그만 가 봐야겠어요. 비겁하게 너무 오래 있었네요. 이 정도 됐으니 남편이 날 보면 위안을 얻을 거예요."

그녀는 알렉스에게 또 입맞춤을 하려고 했지만 알렉스가 피했다. "알렉스, 난!" 컬렌 부인이 한탄했다. "난 그 바보 같은 남자를 필사적으로 사랑해요! 그를 어떻게 해야 할까? 두고 봐야겠죠. 내가 루시를 없애 버려야 한다고 생각해요? 래리는 지난여름에 헝가리에서 놀라울 정도로 매를 잘 부렸어요. 그래서 그도 좋아할 줄 알았어요."

그러더니 그녀는 웃음을 터뜨렸다. 오후 내내 한 번도 웃음을 터뜨리지 않았던 것 같았는데 듣기에 좋지 않은 소리였다. 시끄럽고 액체 같고 과열된 두 개의 음이었다. "호호, 오히려 지금 이 상황이 래리에게 잘된 일인지도 몰라요. 그 자신이 발작을 부렸으니."

그녀는 두 번째로 작별을 고했다. "안녕히 계세요, 타워 씨. 안녕, 알렉스. 그리울 거예요. 래리는 앞으로 당신을 보기 부끄러워할 것 같네요. 차로 나오지 말아요. 두 남자가 부끄러워할 테니까." 그녀는 복도를 지나 문밖으로 나갔다. 조금만 열린 문이 곧 쾅 닫혔다.

"흠!" 거실로 돌아가면서 알렉스가 낸 소리 때문에 나는 웃음이 났다. 아주 작은 개가 좀 작게 짖듯이 '흐음'에 가까운 소리였다.

너무 많은 소란이 있은 후라 우리는 저녁을 빨리 먹고 싶어 하는 건 좀 무분별한 행동이라고 생각했다. 그래서 피곤에 지친 채 한숨을 쉬며 정원으로 걸어갔다. "장과 에바가 이 신파극의 마지막 부분은 보지 못했어야 하는데." 알렉스가 말했다. "이런 발상이 장의 머릿속에 들어가기를 바라지 않거든. 장은 컬렌이 아니야. 모방 잘하는 이탈리아인이지. 총을 쏘려고 한다면 절대로 실패하지 않을 거야."

"넉넉하고 탐욕스럽고 쉬운 늙은이 같으니." 내가 컬렌을 가리키며 중얼거렸다. "그가 살인을 생각하고 있으리라고 생각해 본 적 있어? 보드카를 마셨건 안 마셨건."

"살인이 아니라 자살이었어. 매들린 컬렌은 상상력이 없어." 알렉스가 말했다.

"어느 쪽인지 궁금하네. 어쨌든 겹치기는 하는군. 타인을 죽이고 싶어서 자살을 하니까." 내가 투덜거리듯 말했다. "사랑하는 사람을 말이야."

알렉스는 얼굴을 약간 찡그렸다. 모든 것에 대한 냉소주의, 사실상 보편적인 반감의 표현이었다. "그는 사실 그렇게 취하지 않았었어."

"보드카를 두 셰이커나 마셨는걸." 내가 알렉스에게 일러 주었다. "그래도 상관없어. 아일랜드 남자들에게 그 정도는 그리 많은 양도 아니니까. 예전에 그가 취한 걸 본 적 있는데 전혀 다른 모습이었어. 어쩌면 널 위해 취한 척했는지도 모르지. 이미 일어나고 있는 일이나 앞으로 일어날 일에 대한 핑계를 만들려고. 넌 술하고 너무 거리가 멀어서 사람들이 취한 정도를 과대평가한다니까."

알렉스의 말에 나는 갑자기 우울해졌다. 술 마시는 컬렌을 보면서 나쁜 생각을 하고 취기에 대한 거창한 이론을 스스로 내놓았던 일이 떠올라 얼굴이 붉어졌다. 타인에 대한 내 생각은 단순히 추측, 희화화에 불과한 경우가 많은 듯하다. 나는 정확하지 않고 복수심에 불타는 서정적 표현 같은 것에 계속 무너진다. 나에게 복수할 권리가 없다는 사실이 부끄럽다. 가끔은 도덕적 문제에 대한 자신의 판단력을 전적으로 의심할 때도 있고 내가 이야기꾼을 자청할 때마다 악마가 귀에 대고 속삭인다.

하지만 친애하는 벗 알렉스는, 훌륭한 젊은 여성이라면 마땅히 그렇듯 내 의구심과 연약한 자기비판을 감지하고 미소 지었다. "잊어버리기 전에 그가 뭐라고 했는지 말해 줘. 얼굴 표정을 보아하니 어깨에 기대서 운 것 같은데."

그때 에바가 평소보다도 예의 없이 주방에서 냅킨을 흔들며 나와 쉰 목소리로 빨리 저녁 식사를 하러 오라고 말했다. 음식의 절반은 못쓰게 된 것 같다고. 장은 그날 일어난 변화의 교훈을 요리사의 관점에서 지적하듯 여덟 마리의 비둘기와 아스파라거스 한 단, 큼직한 타르트 두 개를 내왔다. 완벽했다. 오후에 벌어진 신파극이 우리의 식욕을 돋웠다. 에바는 음식을 내오면서 아무 말 없이 예쁘장하게 계속 눈물을 흘렸다.

내가 볼 때마다 그녀는 17세기의 막달레나처럼 힘없이 미소 지었다. 장이 타르트를 가져오더니 과식해 줘서 고맙다고 했다. 마치 우리가 그를 위로하기 위해 애써 다 먹은 것처럼. 장이 거실로 커피를 가져온 후 나는 알렉스에게 주방 창문에서 본 것을 이야기했다. 놀랍게도 알렉스도 침실 창문에서 보았다고 했다. 컬렌 부인은 눈을 감고 침대에 누워 있었다. 하지만 알렉스는 잭나이프까지는 보지 못했다. 나는 기억을 더듬으려고 애쓰며 컬렌이 보드카를 마시면서 한 고백을 전했다. 알렉스는 충격을 받은 듯했지만 한편 즐거워하는 것 같았다.

그 후 알렉스는 전보를 작성하러 갔고 사십오 분 동안 돌아오지 않았다. 나는 책을 읽으려고 하지도 않고 그냥 거실에 홀로 앉아 있었다. 여전히 흥분 상태였고 피로한 어리석음에 빠졌다. 지속되는 동안에는 중대한 지적 시도처럼 느껴지는 상태 말이다. 그것은 그날 오후의 과도한 세부적 사실들을 한두 개의 관념으로 압축하려는 시도였고 나중에 활용하기 위해 저장하면서도 다음의 새로운 경험을 위한 공간을 남겨 두려는 공식 혹은 도덕률이었다. 도덕적으로 컬렌 부부는 나를 나 자신에게서 밀어냈다. 컬렌 부부의 의미와 내 자신의 의미에 담긴 미세한 특징도 좀 더 명확하게 구분하고 싶었다. 그날 오후 그들이 보여 준 행동이 나를 매료시킨 것도 바로 그 때문이었다. 하지만 물론 그 구분은 가능하지 않았다.

나는 관념이 나쁘고 무수히 많은 무한소(無限小)이며 성가시고, 양이 얼마나 되건 사소한 사실보다 나쁘다는 사실을 진즉 깨달았다. 비록 계속 잊어버렸지만. 내 회상을 흐릿하게 하는 감정은 좋건 나쁘건 실제 있었던 일의 흥분감보다 따뜻하고 약하다. 퍼지고 뒤얽히고 부패한 결실 없는 초목 같다. 그

아래에서는 자아마저도 사라진다. 그래서 나는 알렉스가 얼마나 오랫동안 침실에서 돌아오지 않았는지를 알아차리지 못했고 그녀가 돌아왔을 때 반가웠다. 생각을 멈춰 주는 것은 나에게 우정이 수행하는 기능 가운데 하나다.

알렉스가 늦은 까닭은 전보를 쓰느라 그런 것이 아니었다. 에바가 울면서 장을 맹렬하게 비난하다가 숭배했기 때문이었다. 그들은 리케츠 때문에 다투었고 그 후 장은 마을로 술을 마시러 갔다. 장은 에바를 죽이겠다고 말했고 에바는 언젠가 그가 정말로 실행에 옮기리라고 생각했다. 그가 마을에서 돌아오자마자 그녀를 때린 것만은 확실했다. 에바가 생각하기에 장은 세상에서 가장 질투심 많은 남자였고 그녀는 그런 그를 숭배했다.

어쨌든 에바의 잘못이 컸다. 에바는 주방에 새로운 남자가 나타날 때마다 자신의 아름다움을 과시하는 것을 좋아한다. 상황, 아니 어쩌면 남자에 휘둘리는 모습이었다. 그녀는 이웃이나 일꾼, 상인이 오면 가까이에 서서 졸린 듯한 눈으로 아프리카인의 속눈썹이 달린 커다란 눈망울을 비스듬하게 떨어뜨리고 꽃밭 같은 달콤함을 뿜어 댔다. 장은 그런 그녀를 감탄과 고통이 뒤섞인 눈길로 바라보다가 폭발하는 것이었다.

알렉스는 에바에게 그렇게 행동하는 이유를 물었다. 장을 사랑하고 장과 평화롭게 지내고 싶으면서 왜 리케츠 같은 남자들한테 꼬리를 치는지. 에바는 다른 남자에게 꼬리 치면 장이 자신과 라이벌 사이에 끼어들기 때문에 장의 사랑을 느낄수 있고 곧바로 그의 사랑에 굴복함으로써 장에게 자신에 대한 확신도 줄 수 있다고 진지하게 설명했다. "에바는 끔찍한 여자야." 알렉스가 말했다. "그 살진 목젖으로 웃으면서 설명하더라니까.

하지만 계속 웃진 못했어. 이번에는 선을 넘은 것 같대. 장이 자기를 때리고 죽일 거래. 다시 울기 시작하더니 자기들의 이야기를 처음부터 또다시 해 주고 싶어 하는 거야. 화난 척하면서 그만 자라고 보냈어.

두 사람이 계속 이런 식이면 해고해야 할 것 같아. 저런 사람들은 내 성별을 부끄러워지게 하는 경향이 있다니까."

알렉스는 항상 하인들과 문제를 겪었다. 사실 진짜 문제는 하인들에 대한 그녀의 친절한 관심이 이내 도를 넘는다는 것이었다. 알렉스는 하인들을 멀리하려고 해도 결국 그들에게 꼼짝달싹 못 하게 되고 따뜻한 마음을 많이 나눠 주었다. 하지만 하인들의 요구가 도를 넘어 더 이상 연민을 느끼고 싶지 않게 되는 것이었다. 그녀는 차라리 기계의 시중을 받고 싶다는 말을 자주 했다.

문이 열려 있었는데, 정원 공기 사이에서 루시가 풍긴 피와 꿀의 흐릿한 냄새가 감지되었고 강렬하게 기억났다. 장과 에바와 리케츠에 대한 이야기가 나오자 내 상상은 컬렌 부부의 삼각관계로 다시 옮아갔다. 고결하고 열정적이고 차가운 여자와 슬픈 남자와 새의 삼각관계. 그리고 갑자기 새로운 개념이 떠올랐다. 컬렌 부인은 자신의 의도보다 남편을 덜 사랑했고 단지 그와 함께 살고 그를 위해 사는 것뿐이었다. 어쩌면 자기 자신과의 무익한 계약을 이행하기 위해서. 루시에 대한 그녀의 사랑은 분명했고 나는 그녀가 루시를 포기하지 않기를 바랐다.

주방 문 너머의 정원에서 부드러운 웃음소리가 들렸다. 장이 돌아왔고 상황은 에바의 예상대로 흘러가지 않았다. 웃음과 바스락거림, 상황이 제대로 돌아갈 때 하게 되고 진짜 사랑의 투쟁을 완화해 주는 흉내뿐인 실랑이, 플라타너스 나무 옆에 숨겨진 저쪽 구석으로 향하면서 멀어지는 발걸음이 이어졌다. 그날 밤의 달은 훌륭하게 조각된 모양으로는 보이지 않았다. 작고 헐거운 구름 아래에 매달린 창백한 조각, 어둠을 꺼리는 조각이었다. 공기는 탕헤르처럼 따뜻하지만 이슬 때문에 잔디밭에 눕지는 못하리라는 생각이 들었다.

"알렉스, 절대 결혼하지 마." 내가 알렉스를 놀리듯 말했다. "네 친구 컬렌 부인은 네가 결혼할 거라고 생각하지만 그녀는 상상력이라고는 하나도 없어. 이렇게 큰 불운을 겪었으니 결혼이 두려워질 거야."

"불운이라니?" 그녀는 내 조롱을 환영한다는 듯 미소 지으며 물었다.

"환상적으로 끔찍한 본보기지."

"소설가하고 거리가 멀다니까." 그녀가 나를 약 올렸다. "난 컬렌 부부가 부러운걸?" 나는 알렉스의 표정을 보고 그녀 자신도 그 의미를 제대로 모른다고 결론 내렸다.

옮긴이
정지현

충남대학교 자치행정과를 졸업한 후 현재 번역 에이전시 엔터스 코리아에서 아동서 및 소설 전문 번역가로 활동하고 있다. 옮긴 책으로는 「셰이프 오브 워터(공역)」, 「그해 여름 손님」, 「에이번리의 앤: 빨간 머리 앤 두 번째 이야기」, 「피터 팬」, 「오페라의 유령」, 「버드나무에 부는 바람」, 「호두까기 인형」, 「비밀의 화원」, 「하이디」 등 여러 권이 있다.

순례자 매

1판 1쇄 찍음 2018년 12월 21일
1판 1쇄 펴냄 2018년 12월 28일

지은이 글렌웨이 웨스콧
옮긴이 정지현
발행인 박근섭, 박상준
펴낸곳 (주)민음사

출판등록 1966. 5. 19. 제16-490호
서울시 강남구 도산대로 1길 62(신사동)
강남출판문화센터 5층 06027
대표전화 515-2000 팩시밀리 515-2007
www.minumsa.com

ISBN 978 89 374 2947 7 04800
ISBN 978 89 374 2900 2 (세트)